怪醫鳥博士的
日語50音 自學 祕技

獨創鳥式諧音記憶法＋趣味漫畫，學一次就會

まえがき 作者序

「就算沒有要學日文，也要看得懂五十音！」

這一直是鳥博想分享給各位朋友的理念。

為什麼呢？

日本的許多商品在台灣都是暢銷保證，日本更是台灣人最常去旅遊的國家。日本文化深入人心，但是看到日文的平假名或片假名，卻不知道怎麼發音，不是有那麼點小小遺憾嗎？

鳥博在國中時，第一次接觸到平假名，當時是看到親友從日本旅遊買回來的日本糖果、餅乾，覺得上面的文字，又像中文又不是中文，每個字都有書法的感覺，覺得好美。

問母親那些字是什麼？

略懂日文的母親發音給我聽，才發現其實很多字詞對台灣人來說根本耳熟能詳。那時就想，要是我能看得懂這些文字又能讀出來，不知道多有趣？

於是便請母親教我五十音。雖然五十音比英文字母多出 3 倍多，但愛畫圖的自己蠻會用「圖像」和「諧音」及「各種聯想」幫助記憶，沒多久就把五十音全學會了。

看得懂五十音之後，就像多開了一扇窗，日本料理、商品、書籍、動漫、戲劇等等，上面的文字就有了意義；**尤其到日本旅遊，懂五十音比完全看不懂五十音的，點餐或是看地名時，更是方便多了**。現在雖然有了手機可以幫助翻譯，但是看的當下，直覺就能理解，還是方便多了，更何況還可以對日本文化多一層了解。

讀醫學系時，日文是必修，早就學過五十音的鳥博士，如魚得水，輕鬆拿到整學期成績滿分，但很多同學卻是苦不堪言，考前還請鳥博士私下惡補。

歸納起來，一般人會覺得難，不外乎是因為數量太多，用硬記的方式，一個一個記，讀後面忘前面，進度緩慢就會放棄。但其實記憶是有方法的，學習只要有興趣和用對方法，一點也不難。

鳥博能夠在小小年紀就都記起來，靠的就是圖像、諧音，加上日常常見用語的熟悉，自然可以短時間就記住而且不會遺忘；現在鳥博更把這套記憶方法再進化，配合漫畫圖像、字源解釋和趣味豆知識，鳥博相信，就連小學生也能產生興趣，並輕鬆地學會五十音。

如果能讓更多人學會五十音，甚至更進一步學習日文，深度體會日本文化之美，將是鳥博無上的喜悅。

カタログ 目錄

PART 1 平假名：由「詞」讀音、意思，學 50 音

PART 2 片假名

寫在學習之前

學日文之前，我們先來對日文的組成有個基本了解。

日文有三類：平假名、片假名、漢字。

☑ **平假名**

就是「あ、い、う、え、お」……這種看起來像書法、很漂亮的字，它是由漢字的草書而來。

☑ **片假名**

像「ア、イ、ウ、エ、オ」……這種比較方正的，是取漢字楷書的一部分作為文字。

☑ 漢字

就和中文一樣，但要注意的是：很多日文漢字經過了變形，和原來的中文形狀不一樣（例：**渋谷、王樣**……），很多的詞意也不一樣（例：**勉強、大丈夫**……）。最好以學習新文字的態度來認識日文漢字，仔細分辨它和我們平常用的中文的不同。

日文常有同音異義的狀況，漢字這時就很有用（例：「あつい」可以是「**熱い**」或「**暑い**」、「**厚い**」）。

平假名和片假名是同音異字，雖然叫做「50 音」，但有的字現代已經不用，目前使用的是 46 個。這 46 個字，目的是為了發音，跟我們的注音符號一樣，日文的漢字就需要平假名配合才知道怎麼發音。

日本人平常書寫時，以平假名為主，如果遇到外來語、狀聲字或生物的學名，就會用片假名；有時候為了凸顯某些字，也會有故意寫成片假名的狀況。

五十音包含了清音和一個鼻音，排列起來是五段十行，為了方便外國人學習，日本人把每個音都對應了羅馬拼音。但因為各種語言都有其特殊性，其實日文發音跟羅馬拼音出來的聲音，還是有微妙的差異，尤其是 s、t、r、h 行的發音，這點在學習時請多留意音檔的發音。

清音、鼻音是基本型態。經過排列組合，如果再加上兩點、小圈圈、小字等等，可以產生以下變化：長音、濁音、半濁音、促音、拗音和特殊音。

我們最重要的就是先把五十音學起來，學習的目標就是：

1. 看到字就會發音；

2. 聽到音就知道是哪個字。

要學五十音，首先要先知道五段十行的組成，下一節就跟大家分享如何能快速在腦海中建立這樣的架構。

☑ **50 音一覽表**

Track 000

あア a	かカ ka	さサ sa	たタ ta	なナ na	はハ ha	まマ ma	やヤ ya	らラ ra	わワ wa
いイ i	きキ ki	しシ shi	ちチ chi	にニ ni	ひヒ hi	みミ mi		りリ ri	
うウ u	くク ku	すス su	つツ tsu	ぬヌ nu	ふフ fu	むム mu	ゆユ yu	るル ru	んン n
えエ e	けケ ke	せセ se	てテ te	ねネ ne	へヘ he	めメ me		れレ re	
おオ o	こコ ko	そソ so	とト to	のノ no	ほホ ho	もモ mo	よヨ yo	ろロ ro	をヲ o

　　五段十行結構就是 5x10；段是母音的變化，行是子音的不同，這裡面是 45 個清音，加上一個鼻音，共 46 個字。

　　母音：是 [阿、伊、烏、ㄟ、歐] [a、i、u、e、o]，這五個基本音。

　　子音：就是加在母音前，用嘴型或牙齒等去改變聲音的發音；子音加上母音，成為完整的一個讀音（例：k、s、t……）。

　　要記五段十行的結構，我們只要記這表格的最左邊的第一行（column）和最上面的第一列（row）就可以。

為什麼呢？對照 50 音一覽表，繼續往下看你就會明白了！

左排第一行只有母音 [a、i、u、e、o]；上排第一列依序是 [a、ka、sa、ta、na、ha、ma、ya、ra、wa]。

「記住第一列」是關鍵！

怎麼記呢？不要一次記十個，我們把它拆成 3 組：

1. a、ka、sa；
2. ta、na、ha、ma；
3. ya、ra、wa。

第一組：a、ka、sa

諧音是台語的「鴨腳沙」，想像一下「鴨腳」在「沙」子上，所以是「鴨腳沙」；但若你喜歡推理小說，那你一定知道阿嘉莎•克莉絲蒂，記成「阿嘉莎」也可以！

第二組：ta、na、ha、ma

蛤蜊的台語是 [ha ma]，ta、na、ha、ma 就是「踏那蛤蜊」。

第三組：ya、ra、wa

諧音近似「Ya～來挖！」

三組諧音合在一起就是：鴨腳（阿嘉莎）在沙子上踏到一顆大蛤蜊，Ya～來挖！

用這樣的方式，是不是很好記呢？

只要能默背出這一行一列，其他各列都是子音加上不同母音而已；第一列背得起來，自然知道第二行是 k ＋母音＝ ka、ki、ku、ke、ko；第三行是 s ＋母音＝ sa、si、su、se、so……其餘類推。

恭喜你！不用幾分鐘，你已經完全掌握五十音的整個面貌了。

知道 50 音的概念後，來了解一下它們組合起來的時候怎麼發音。

像「我」的日文「私」，平假名是「わたし」，羅馬拼音是 [wa ta shi]，那就只需照唸 [wa ta shi] 即可。

在這裡，得先學起來的是「長音」的概念，如果有 [a、i、u、e、o] 重複時，例如：いい [i i]，要發 [i~] 的長音，但為了讓讀者了解羅馬字對應的平假名，本書標音是標成 [i i]，其它像 i 的前面的音是 e，或是 u 的前面是 o 的，都會發長音，例如：成功（せいこう [se i ko u]）發 [se- ko-] 的長音。有的字如果直接後面寫「ー」，也是長音的意思，像らーめん（拉麵的拉ー）。

PART 1

平假名：
由「詞」讀音、意思，學50音

音檔雲端連結

因各家手機系統不同，若無法直接掃描，仍可以至以下電腦雲端連結下載收聽。
（https://tinyurl.com/4n8f2kth）

LESSON 1

詞 すし／のり

第一課我們要用最耳熟能詳的 2 個詞彙：壽司／海苔，來學習這 4 個平假名：す、し／の、り。

🌸 你一定聽過

✓ すし 壽司 [su shi]

你看看壽司的台語怎麼唸？「素吸」，聽過吧？ 壽司的日語發音就是 [su shi]，所以根本不用記就會唸了。再來我們只要把字形看懂就可。

✓ のり 海苔 [no ri]

海苔的日語 [no ri]，很多人應該都聽過，鳥博士小時候從當時流行的海苔禮盒上學到的第一個日本字就是のり。

　　す的字源是從「寸」的草書來的。你看壽司的壽最下面右邊是不是寸？而且旁邊加個口，所以是「吋」。多個口做什麼？當然是要吃。吃什麼？吃好吃的「素吸」！

　　所以**看到す，可以聯想到吋，再想到壽司的「壽」！**如果是日文的漢字，寿字下面就是個寸，更好記！

草書來源

$$寸 \rightarrow す \rightarrow す$$

　　再來看し，字源是從「之」的草書來的。し從它的形狀記，它是一長條帶個勾，像不像麵條？到日本料理店除了吃壽司，還可以吃什麼？拉麵，對不對？**一長條拉麵，怎麼吃？用吸的！所以看到し，就知道要用「吸」的。**

　　另外也可以看成魚鉤。魚鉤釣魚做什麼？做成すし！吸的台語像「素」，所以看到すし，就知道又素又吸，就是壽司！

草書來源

$$之 \rightarrow し \rightarrow し$$

● **す** 讀音記憶 [Su] 「酥」

常聽到	平假名	羅馬拼音	漢字	意思
酥 ki 牙 ki	すきやき	su ki ya ki	すき焼き	壽喜燒
酥巴拉希	すばらしい	su ba ra shi i	素晴らしい	很讚，good（常指內容）
牙酥伊	やすい	ya su i	安い	便宜
酥鐵 ki	すてき	su te ki	素敵	很棒（常指外觀）

👄 **發音訓練**

平假名	羅馬拼音	漢字	意思
すこし	su ko shi	少し	一點點
すみません	su mi ma se n	済みません	對不起
おやすみ	o ya su mi	お休み	休息、晚安
だいすき	da i su ki	大好き	最喜歡
すいもの	su i mo no	吸い物	有菜、魚肉的湯

● **し 讀音記憶 [Shi] 「吸、喜」**

常聽到	平假名	羅馬拼音	漢字	意思
咪梭吸露	みそしる	mi so shi ru	味噌汁	味噌湯
歐伊細	おいしい	o i shi i	美味しい	美味的
喜相逢	ししゃも	shi sha mo	柳葉魚	柳葉魚
（一種總是很多魚卵的小魚）				
吸咖	しか	shi ka	鹿	鹿

👄 **發音訓練**

平假名	羅馬拼音	漢字	意思
しあわせ	shi a wa se	幸せ	幸福
わたし	wa ta shi	私	我
すこし	su ko shi	少し	一點點
しあい	shi a i	試合	比賽
しかし	shi ka shi	然し	但是

の這個字從「乃」的草書來，所以看到漢字的乃，就知道它應該是讀の [no]。在台灣也很受歡迎的高湯包品牌「茅乃舍」，就讀做「かやのや」[ka ya no ya]。

我們可以這樣聯想：看到の知道，它字源是乃，乃發音 [nai]，是 n 開頭的發音，而の看起來也像圓圈，類似 o，n+o=no，發 [no] 的音。

另外一個幫助記憶的方式是：海苔要怎樣包成壽司？沒錯，用捲的，側面看就像の的形狀！看到の，想到海苔捲起來，海苔讀音 [no ri]，就可以聯想の是讀做 [no]。

の這個字，單獨用的時候，可以表示「的、之」的意思，例如：**私の本です**（wa da shi no ho n de su，意思：我的書。）

另外也可以是同位格，這時的意義和乃字就很接近，例如：**社長の林さん**（林先生），意思就不是社長的林先生，而是「社長林先生」。你看是不是和「吾乃常山趙子龍」的「乃」很類似。

草書來源

乃 → 乃 → の

り

り的字源就是從「利」的草書而來，發音也一樣是 [ri]，所以知道它原來是取「利」字偏旁，就很容易記憶。

因為り就是利的右邊，相對地，我們看到漢字「利」，也可以知道它應該就是讀 [ri]，像：利子（利息）、利率（利率）、利益（利益）……利都是讀り。

所以只要記得，看到り，就想是「利的右邊」，自然知道它是讀 [ri]。

草書來源　　利 → 利 → り

💡 圖像記憶 ▌▌

の 的記法

り 的記法

● の 讀音記憶 [no] 「諾」

常聽到	平假名	羅馬拼音	漢字	意思
阿諾……	あのう…	a no u	✕	那個……

（通常用在考慮後面要怎麼講才好時）

沙 Ke 諾咪	さけのみ	sa ke no mi	酒飲み	喝酒
哇答西 諾～	わたしの	wa ta shi no	私の	我的～
塔背摩諾	たべもの	ta be mo no	食べ物	食物

😊 發音訓練

平假名	羅馬拼音	漢字	意思
のみもの	no mi mo no	飲み物	飲料
ながの	na ga no	長野	地名（以風景優美聞名）
みずの	mi zu no	水野	運動品牌（美津濃）
のりば	no ri ba	乗り場	乘車處
のど	no do	喉	喉嚨

● り 讀音記憶 [ri] 「利」

常聽到	平假名	羅馬拼音	漢字	意思
阿利嘎多	ありがとう	a ri ga to u	有難う	謝謝
歐咖 e 利	おかえり	o ka e ri	お帰り	歡迎回家
六利	りょうり	ryo u ri	料理	料理
摩利	もり	mo ri	森	森林

發音訓練

平假名	羅馬拼音	漢字	意思
りす	ri su	栗鼠	松鼠
りゆう	ri yu u	理由	理由
とり	to ri	鳥	鳥
りんご	ri n go	林檎	蘋果
りょこう	ryo ko u	旅行	旅行

書寫練習

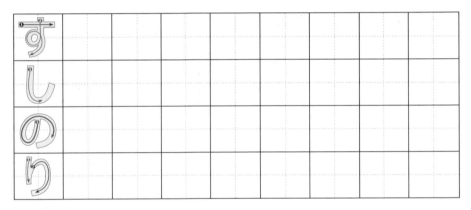

 豆知識

　　漢字「則」的讀音也是のり。のりまき [no ri ma ki] 意思是「用海苔捲起來」，漫畫「怪博士與機器娃娃」（Dr.Slump）裡面的主角叫則卷千兵衛和則卷阿拉蕾，這是漫畫家鳥山明的巧思，因為「千兵衛」讀起來很像仙貝，而阿拉蕾（あられ：漢字：霰）則是顆粒狀小米果，所以則卷千兵衛其實是包海苔的仙貝，而阿拉蕾則是包海苔的米果！早期譯名叫做丁大丙（大餅），丁小雨（霰：雨點結冰），也是有點根據的，很有趣吧！？

LESSON 2

詞 あなた／わたし

本次學習 ○
已經學習 ○

平假名 五十音

あ	か	さ	た	な	は	ま	や	ら	わ
い	き	し	ち	に	ひ	み			り
う	く	す	つ	ぬ	ふ	む	ゆ	る	ん
え	け	せ	て	ね	へ	め			れ
お	こ	そ	と	の	ほ	も	よ	ろ	を

這一課我們要用あなた，わたし這兩個你也一定有聽過的詞彙：阿娜答／哇答西，來學習4個平假名：あ、な、た、わ。

你一定聽過

✓ あなた　你 [a na ta]

あなた就是阿娜答 [a na ta]，漢字是「貴方」，意思是「你」，也常用在太太稱呼先生時。

✓ わたし　我 [wa ta shi]

わたし就是哇答西 [wa ta shi]，漢字是「私」，意思是「我」。

あ的字源是從「安」的草書而來，你看它是不是很像安字寫得潦草一點？讀音也像，所以只要記住看到あ字，就聯想到安，發「阿、啊」的音。（鳥博記法：有的人嫌別人交代一堆話太囉嗦時，也常回答：「あ（啊），安啦！賣緊張！」），把あ和安作連結。

草書來源

な的字源是「奈」的草書。字形很容易聯想。「奈」我們華語讀做 [nai]，日語的話，我們就只讀前面的 [na]，很相近。

草書來源

奈 ➞ 奈 ➞ な

た的字源是從「太」的草書而來，讀音也像。「太」我們讀 [tai]，但跟「奈」一樣，我們只讀前面的 [ta]。值得注意的是：實際發音時，常會覺得近似「答」的讀音，[t] 的發音沒那麼強烈，有點像 [d]。

草書來源

太 ➞ た ➞ た

● あ 讀音記憶 [a]「阿」

常聽到	平假名	羅馬拼音	漢字	意思
阿答馬孔固力（台式日語，形容「笨」或「頑固」）	あたまコンクリ	a ta ma ko n gu ri	頭コンクリ	腦袋裝水泥
阿里不達（台式日語）	ありぶた	a ri bu ta	✕	不正經的
阿薩不魯（台式日語）	あさぶる	a sa bu ru	從「朝風呂」演變而來	不入流的
按捺	あんない	a n na i	案内	招待、引導、通知

○ 讀音記憶聯想：一隻烏鴉飛過的場景⋯⋯（暗示尷尬的場面）

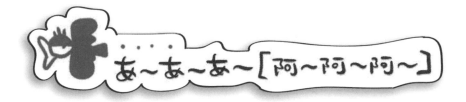

あ～あ～あ～［阿～阿～阿～］

👄 發音訓練

平假名	羅馬拼音	漢字	意思
あい	a i	愛	愛
あんしん	a n shi n	安心	安心
ふあん	fu a n	不安	不安
しあわせ	shi a wa se	幸せ	幸福
あし	a shi	足	腳

● な 讀音記憶 [na]「那」

常聽到	平假名	羅馬拼音	漢字	意思
哪尼？	**なに？**	na ni	何	什麼？
奈伊	**ない**	na i		沒有（表示否定）
那拉	**なら**	na ra	奈良	地名（有名的古都）
聳那	**そんな**	so n na		那麼的

發音訓練

平假名	羅馬拼音	漢字	意思
なし	na shi	梨	梨子
なな	na na	七	7
はな	ha na	花	花
なか	na ka	中	中間
なつ	na tsu	夏	夏天

○值得一提的是：な這個字，常可以看到放在一些詞的後面而成為形容動詞，例如：立派＋な＝立派な（豪華、豪華的）；大変＋な＝大変な（嚴重／辛苦的）。

● た 讀音記憶 [ta]「他、答」

常聽到	平假名	羅馬拼音	漢字	意思
他答依馬	**ただいま**	ta da i ma	只今	我回來了
他巴扣	**たばこ**	ta ba ko	煙草	香菸
他扣	**たこ**	ta ko	蛸	章魚
咖他	**かた**	ka ta	肩	肩膀

発音訓練

平假名	羅馬拼音	漢字	意思
うた	u ta	歌	歌
した	shi ta	下	下方
たのしい	ta no shi i	楽しい	高興的
たいへん	ta i he n	大変	辛苦，嚴重
たかい	ta ka i	高い	高的，貴的

→

わ的字源從「和」的草書而來，這個字要從「和」聯想到「哇」，比較不容易。但你看它的樣子是不是跟「挖」有像？也蠻像一個人背一個大包包。

（鳥博記法：「哇，挖到寶藏了，趕快裝在布袋背回家！」看到一個人揹一個大布袋的字，就讀「哇，挖」。）

草書來源

和 → 和 → わ

● **わ 讀音記憶 [wa]**「挖、哇」

常聽到	平假名	羅馬拼音	漢字	意思
哇沙米	わさび	wa sa bi	山葵	山葵
咖哇沙 ki	かわさき	ka wa sa ki	川崎	地名／品牌名
哇魯伊	わるい	wa ru i	い不好的	不好意思
咖哇依	かわいい	ka wa i i	可愛い	可愛的

👄 **發音訓練**

平假名	羅馬拼音	漢字	意思
わかい	wa ka i	若い	年輕的
にわ	ni wa	庭	庭園
わかる	wa ka ru	分かる	了解
わすれた	wa su re ta	忘れた	忘記了
わしつ	wa shi tsu	和室	和室

書寫練習

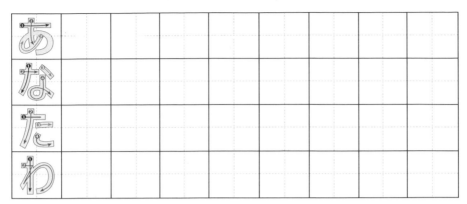

あなた雖然是「你」的意思，但是日本人日常生活卻很少用，因為日本人在知道對方的姓名之後，大部分對話都會尊稱對方姓氏加上さん。例如：對方叫做田中，為了禮貌，就會稱對方田中さん，而不會直呼對方あなた。現在社會，太太稱呼先生あなた的情形也變少了。

日本人的「你」，其他還有像君（きみ [ki mi]）、お前（おまえ [o ma e]）等等。有的只限很親近的人，有的是同輩或是上對下，我們外國人不適用。最不失禮的用法還是稱呼對方「○○さん」比較好。

LESSON 3

詞 たこ／いか／かに

本次學習 ●
已經學習 ○

平假名 五十音

あ	か	さ	た	な	は	ま	や	ら	わ
い	き	し	ち	に	ひ	み			り
う	く	す	つ	ぬ	ふ	む	ゆ	る	ん
え	け	せ	て	ね	へ	め			れ
お	こ	そ	と	の	ほ	も	よ	ろ	を

到壽司屋可以看到什麼食材？章魚、烏賊、螃蟹一定有，對不對？
たこ、いか和かに，很可能你都聽過，這一課我們就用這 3 個詞彙，來學 4 個新字母：こ , い , か , に。

你一定聽過

✓ たこ 蛸／章魚 [ta ko]

蛸／章魚的日語 [ta ko]，很常聽到吧？把字形連結來吧！

✓ いか 烏賊 [i ka]

日本料理中，烏賊 [i ka] 是老饕不能錯過的美味。

✓ かに 蟹；螃蟹 [ka ni]

相信許多人對於螃蟹的日語 [ka ni] 單字並不陌生，冬天到日本必吃！

こ的字源是「己」的草書，但要從己去聯想到 [ko] 的發音並不容易，但我們可以從「口」和「扣」字來聯想。こ這個字的兩邊如果圍起來，就像個口，所以口的兩豎拿掉，就成了こ；**看到こ就可以聯想到是口字被手拿掉兩直線，所以讀「扣」。**

鳥式聯想　　扣 → 👊 口 → ✊🔲 → こ

另外こ是草書，中間筆意其實是相連的，樣子也像英文的 C；C 的發音 k，例如 coco，這有助於我們看到こ就聯想到 ko 的音。

鳥式聯想　　こ → ㇈ → C → C。

こ字很常見，日本女生的名字常有～～子的，這個子就是讀こ，例：深田恭子：ふかだ きょうこ、松田聖子：まつだ せいこ。

草書來源　　己 → ㇈ → こ

い的字源是「以」的草書，這個字很容易聯想，**看到い只要想到它是以的左邊，就能記得住。**

い這個字是い形容詞的字尾，所以很常看到（另一個形容詞的字尾是之前學過的な）。

草書來源

以 → いら → い

か的字源是「加」的草書，這個字也很容易聯想，**只要想到它是加的左邊，用台語唸的話，讀音很類似。**

草書來源

加 → おっ → か

に的字源是「仁」的草書，**仁的右邊是二，二的台語：[gi] 或 [ji]，和 [ni] 其實很接近。** 日語的一二三讀做：[i chi]，[ni]，[sa n]。另外に也可以聯想成「泥」字的草書，所以看到に可以把它聯想泥的發音 [ni]。

草書來源

仁 → 仁 → に

● こ 讀音記憶 [ko]「扣、摳」

常聽到	平假名	羅馬拼音	漢字	意思
它扣	たこ	ta ko	蛸	章魚
扣雷	これ	ko re	✕	這個
空尼基哇	こんにちは	ko n ni chi wa	今日は	日安
空邦哇	こんばんは	ko n ba n wa	今晩は	晚上好

發音訓練

平假名	羅馬拼音	漢字	意思
こころ	ko ko ro	心	心
こわい	ko wa i	怖い	可怕的
ここ	ko ko	✕	這裡
こども	ko do mo	子供	小孩子
はつこい	ha tsu ko i	初恋	初戀

● い 讀音記憶 [i]「伊」

常聽到	平假名	羅馬拼音	漢字	意思
伊咖	いか	i ka	烏賊	烏賊
（註：其實只要是頭足類 10 隻腳的，都可稱作いか，花枝、透抽、小管、烏賊……）				
一級棒	いちばん	i chi ba n	一番	第一的
歐伊細	おいしい	o i shi i	美味しい	美味的
歐 ki 伊	おおきい	o o ki i	大きい	大的

😮 發音訓練

平假名	羅馬拼音	漢字	意思
こい	ko i	鯉／恋	鯉魚／戀愛
いし	i shi	石	石頭
いす	i su	椅子	椅子
いい	i i	✕	好的
あい	a i	愛	愛

● か 讀音記憶 [ka]「咖、卡」

常聽到	平假名	羅馬拼音	漢字	意思
咖尼	かに	ka ni	蟹	螃蟹
咖哇沙 ki	かわさき	ka wa sa ki	川崎	地名,品牌名
咖棒	かばん	ka ba n	鞄	皮包
歐咖內	おかね	o ka ne	お金	錢

😮 發音訓練

平假名	羅馬拼音	漢字	意思
かいしゃ	ka i sha	会社	公司
すいか	su i ka	西瓜／水瓜	西瓜
しか	shi ka	鹿	鹿
かめ	ka me	龜	龜
たかい	ta ka i	高い	高的／貴的

● に 讀音記憶 [ni]「泥」

常聽到	平假名	羅馬拼音	漢字	意思
咖尼	かに	ka ni	蟹蟧	蟹
尼轟 jin	にほんじん	ni ho n ji n	日本人	日本人
逆 in 家	にんじゃ	ni n jia	忍者	忍者
寧進	にんじん	ni n ji n	人参	胡蘿蔔

發音訓練

平假名	羅馬拼音	漢字	意思
にもつ	ni mo tsu	荷物	行李
うに	u ni	雲丹	海膽
にがて	ni ga te	苦手	不擅長或不喜歡
にく	ni ku	肉	肉
にきび	ni ki bi	面皰	青春痘

圖像記憶

こ										
い										
か										
に										

説到日本かに，如果您跟鳥博一樣是吃貨，一定要知道的是日本三大名蟹：鱈場蟹（帝王蟹）（たらばがに [ta ra ba ga ni]）、松葉蟹（まつばがに [ma tsu ba ga ni]）、毛蟹（けがに [ke ga ni]）（複合字的かに變成濁音がに）。

尤其是松葉蟹，體型略小於鱈場蟹，但味道更香甜，被譽為「冬季味覺之王」；在日本很多地方都可以看到的「螃蟹道樂」牆上巨大會動的螃蟹招牌就是松葉蟹。

但如果你到了魚市場，可能會發現看起來都是松葉蟹，但名稱卻是「**ずわい蟹**」、「**越前蟹**」、「**間人蟹**」等各種名稱，不一定看得到寫「**松葉蟹**」。

那該怎麼分辨呢？

根據鳥博實地考察，其實這松葉蟹，通稱為**ずわい蟹**，漢字是「**楚蟹**」，「楚」是古字，指細而直的樹枝，也就是形容松葉蟹的腳。

楚蟹依捕獲的地區而有不同名稱：

鳥取、兵庫、京都的叫做「松葉蟹」；

京都北方，丹後半島的間人漁港捕獲的，稱為「間人蟹」；

石川縣的叫做「加能蟹」；

福井縣的叫做「越前蟹」；

而母蟹叫做「香箱蟹」。

其中，「越前蟹」是唯一自 1922 年起被認可獻給皇室享用的松葉蟹，最高級的（1.3 公斤以上的）附上寫著「極」字的黃色標籤，價格不菲，拍賣價曾高達一隻 46 萬日幣。

而一般的松葉蟹一隻約台幣數千元，而且價格年年上漲，但仍吸引了無數饕客享用，可見其魅力。

LESSON 4

詞 うまい／おいしい

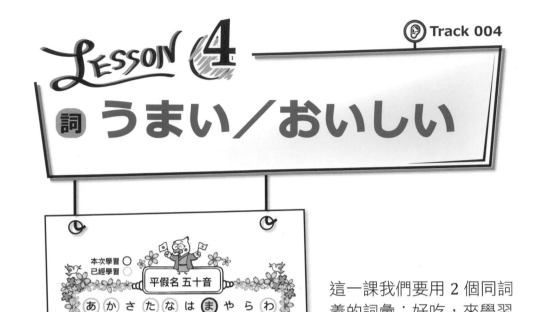

本次學習 ○
已經學習 ○

平假名 五十音

あ	か	さ	た	な	は	ま	や	ら	わ
い	き	し	ち	に	ひ	み		り	
う	く	す	つ	ぬ	ふ	む	ゆ	る	ん
え	け	せ	て	ね	へ	め		れ	
お	こ	そ	と	の	ほ	も	よ	ろ	を

這一課我們要用 2 個同詞義的詞彙：好吃，來學習這三個平假名：う、ま、お。

你 一 定 聽 過

✓ うまい 好吃 [u ma i]

日劇裡常聽到「烏麥」，表示好吃之意，其漢字是「旨い」，日語發音就是 [u ma i]。這是比較豪邁的用法，是男生用語。

✓ おいしい 好吃 [o i shi i]

「歐伊細」也是好吃的意思，其漢字是「美味しい」，日語發音則是 [o i shi i]，男女都通用。

　う的字源是從「宇」的草書而來，讀音是「宇」的古音，也就是河洛話。你看**「宇宙」的台語怎麼唸？[u ju]**，所以我們要是看到**う**能想到宇，就可以記得是唸 **[u]**。

草書來源　　宇 → ⇀ → う

　ま的字源是來自於「末」字的草書，讀音也很像「末」的台語 m 開頭的發音。另外還可以用一個方法幫助記憶，**ま看起來很像馬字的一部分，看到ま可以聯想到馬的發音**，很常聽到的「就抖馬跌」，這裡的ま漢字對應是待，「就抖馬跌」就是「請稍待」，待的右邊「寺」，結構也跟ま類似。所以可以看到ま就想到末、馬還有待，這樣自然可以記住ま [ma] 的發音。

草書來源　　末 → ま → ま

お

　　お的字源由「於」的草書而來。「於」字要聯想到它的發音是「歐」比較不容易，「於」的台語大家也不熟悉，但沒關係，我們可以從它的字形來想。**お字的右下就像個圈圈，看到這圈圈就聯想到英文的 [o] 就對了，它就是發 [o]。**

　　草書來源　　　於 ➡ わ ➡ お

💡 圖像記憶 ▌▌

● う 讀音記憶 [u]「烏」

常聽到	平假名	羅馬拼音	漢字	意思
烏尼	うに	u ni	雲丹	海膽
烏唆	うそ	u so	嘘	說謊
烏蕾嬉	うれしい	u re shi i	嬉しい	高興的
烏魯賽	うるさい	u ru sa i	五月蠅い（煩い）	吵，囉嗦

發音訓練

平假名	羅馬拼音	漢字	意思
うま	u ma	馬	馬
おはよう	o ha yo u	お早う	早安
うし	u shi	牛	牛
かう	ka u	買う	買
うめ	u me	梅	梅
うどん	u do n	饂飩	烏龍麵

● ま 讀音記憶 [ma]「馬」

常聽到	平假名	羅馬拼音	漢字	意思
就抖馬跌	ちょっとまって	cho tto ma tte	ちょっと待って	請稍等
馬答	まだ	ma da	未だ	還沒
歐馬咖歇	おまかせ	o ma ka se	お任せ	無菜單料理
（料理店常用語，即無菜單料理，由師傅決定食材搭配）				
馬擠	まち	ma chi	町	城鎮

發音訓練

平假名	羅馬拼音	漢字	意思
なか**ま**	na ka ma	仲間	朋友
あた**ま**	a ta ma	頭	頭
い**ま**	i ma	今	現在
また	ma ta	又	再
まめ	ma me	豆	豆子

● **お** 讀音記憶 [o]「歐」

常聽到	平假名	羅馬拼音	漢字	意思
歐巴桑	**お**ばさん	o ba sa n	✕	對中高齡女性的稱呼
歐咪呀給	**お**みやげ	o mi ya ge	お土産	伴手禮
歐咖內	**お**かね	o ka ne	お金	錢
（お這個字常用在單字前面，就是「御～」的意思，表示一種禮貌，像お水、お茶、お酒、お菓子……非常常見，所以不用怕記不起來，一定會常常看到お的。）				
歐練	**お**でん	o de n	御田	關東煮

發音訓練

平假名	羅馬拼音	漢字	意思
か**お**	ka o	顔	臉
おかし	o ka shi	お菓子	點心
あ**お**い	a o i	青い	藍色的
おおきい	o o ki i	大きい	大的
し**お**	shi o	塩	鹽

書寫練習

う							
ま							
お							

在日本古代，女性用語いし或いしい是形容「美」或「好」的意思。因為尊敬語的用法，前面加上お，變成おいしい，而料理經常由女性負責，因此演變成形容「好吃」的意思。所以，看到美味しい要讀おいしい，而不是讀みじしい（美味的漢字讀音是みじ [mi zi]），日文常見這種傳統發音套上漢字表達意思的用法。

而うまい漢字是「旨い」，形容好吃，有完美無瑕美味的意思。

那哪一個字更「好吃」呢？

一般認為うまい更豪邁的表達好吃的感受，比おいしい更強烈些，但女生用的話，會給人比較粗獷的感覺。

那更強烈的用法呢？

激うま（げきうま [ge ki u ma]）就是「好吃到爆啊」的感覺。女生的話，則可以說「すごくおいしい」（ [su go ku o i shi i] 厲害的意思）。

值得一提的是：おいしい可以形容食物以外的東西，而「旨い」只能用來形容食物。

LESSON 5

Track 005

詞 あさひ、きりん

這一課我們要用兩個很常聽到的啤酒品牌朝日／麒麟，來學四個新的五十音：さ、ひ、き、ん。

你一定聽過

✓ **あさひ** 朝日 [a sa hi]

Asahi あさひ [a sa hi]。あさ就是「朝」，ひ就是「日」。常常可以在媒體上看到朝日啤酒的廣告。

✓ **きりん** 麒麟 [ki ri n]

KIRIN きりん [ki ri n]，麒麟啤酒的發音您一定不陌生。

　　さ的字源是「左」的草書。你可能會想：「感覺蠻不像的啊？」不過，它真的是從「左」演變來的。所以看到日文的「佐」，可以推論它應該是讀 [sa]，例如很常見的姓：佐佐木讀做 [sa sa ki]（例：名模「佐佐木希」或宮本武藏的「佐佐木小次郎」）。

　　左的台語和 [sa] 也不像，那我們怎麼記呢？配合底下常見的讀音，可以**這樣記：「猴子佐佐木用左手殺魚做沙西米」（sa ru sa sa ki 用左手殺 sa ka na，做沙西米）**，這樣可以很容易看到さ就想到左，然後知道讀〔sa〕。

　　草書來源　　　左 → 𡨭 → さ

　　ひ的字源是草書的「比」，所以看到ひ就可知道它是發類似「比」的音，而且它看起來就像漫畫裡的「heeee」的嘴型，合起來聯想就是 [hi] 的發音。這樣還不夠的話，再加個**聯想助力**：S.H.E 的 H 是誰？ **Hebe [hi bi]** 看到「比」就想到要讀 [hi]。

　　草書來源　　　比 → 𣏓 → ひ

き的字源從「幾」的草書而來。幾讀音 [gi]，き的讀音也像，讀做 [ki]；另外き看起來很像鑰匙，鑰匙英文是 key，看到き想到 key，就知道要讀 [ki]。再一個幫助記憶的是：**き看起來也像「去」，去的台語就是念 [ki]**，這樣是不是很容易呢？

草書來源

ん

它的字源是一個現代很少用的字「无」的草書。這個字不熟沒關係，ん就是發 [n] 的音，也就是「嗯」，**ん只要去掉凸出來那一豎，看起來就很像字母 n，所以要知道它發 [n]**，真是一點也不難。它一般都放在其他五十音的後面，讀法就是把前面那個字加上鼻音「嗯」，例如：きり 讀 [ki ri]，加上ん，きりん就讀做 [ki ri n]。

草書來源

无 → 旡 → ん

💡 圖像記憶 ⑪

あさひ
朝日

きりん
麒麟

（提醒：未成年請勿飲酒，還有喝酒不開車喔！）

● さ 讀音記憶 [sa]「沙、殺、撒」

常聽到	平假名	羅馬拼音	漢字	意思
沙魯	さる	sa ru	猿	猴子
沙沙 ki	ささき	sa sa ki	佐佐木	姓氏
沙咖納	さかな	sa ka na	魚	魚
沙西米	さしみ	sa shi mi	刺身	生魚片

平假名	羅馬拼音	漢字	意思
かさ	ka sa	傘	傘
さい	sa i	才	歲
まさか	ma sa ka	真逆	沒想到⋯⋯難道？
さお	sa o	竿	竿子
さま	sa ma	樣	接在姓名後表示尊稱（例：佐佐木樣）

●ひ 讀音記憶 [hi]「無近似讀音中文字」

常聽到	平假名	羅馬拼音	漢字	意思
Hi 托	ひと	hi to	人	人
Hi 托利	ひとり	hi to ri	✕	一個人
Hi 咖利	ひかり	hi ka ri	光	光
阿諾 Hi	あのひ	a no hi	あの日	那一天

😄 發音訓練

平假名	羅馬拼音	漢字	意思
かいひ	ka i hi	会費	會費
ひまわり	hi ma wa ri	向日葵	向日葵
ひる	hi ru	昼	中午
ひどい	hi do i	酷い	嚴重、過分
ひこうき	hi ko u ki	飛行機	飛機

● き 讀音記憶 [ki]「台語的去、氣」

常聽到	平假名	羅馬拼音	漢字	意思
Ki 摸吉	きもち	ki mo chi	気持ち	心情、感覺
Ki 木拉	きむら	ki mu ra	木村	姓氏（例：木村拓哉）
Kirin	きりん	ki ri n	麒麟	麒麟、長頸鹿
Hinoki	ひのき	hi no ki	檜（の木）	檜木

發音訓練

平假名	羅馬拼音	漢字	意思
かき	ka ki	柿	柿子
きのこ	ki no ko	茸	香菇
きたない	ki ta na i	污い	髒的，雜亂的
きのう	ki no u	昨日	昨天
すき	su ki	好き	喜歡

● ん 讀音記憶 [n]「嗯」

常聽到	平假名	羅馬拼音	漢字	意思
尼轟	にほん	ni ho n（把 ho 和 n 合一起讀）	日本	日本
卡邦	かばん	ka ba n	鞄	皮包
令果	りんご	ri n go	林檎	蘋果
扛派	かんぱい	ka n pa i	乾杯	乾杯

發音訓練

平假名	羅馬拼音	漢字	意思
あん**し**ん	a n shi n	安心	安心
かん**たん**	ka n ta n	簡単	簡單
こ**ん**かい	ko n ka i	今回	這一次
さ**ん**	sa n	三	三
に**ん**き	ni n ki	人気	受歡迎的

書寫練習

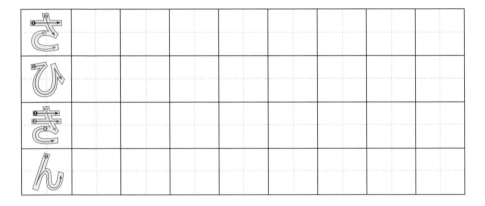

　　啤酒（Beer 片假名ビール）據統計，是到居酒屋（いざかや [i za ka ya]）最常被點到的第一杯飲料，甚至發明了一句慣用語叫：「とりあえずビール。」（[to ri a e zu bi- ru] 總之，先來啤酒），又簡稱「とりビー」[to ri bi-]，可見啤酒多受日本人喜愛。

　　其實啤酒是在明治年間才引進日本，1870 年在橫濱設立的啤酒廠，就是最早在日本生產的啤酒，也就是麒麟啤酒的前身。隨著時代演進，日本的啤酒百家爭鳴，ASAHI、SUNTORY、SAPPORO 更和麒麟並稱為日本啤酒的四大品牌。

　　而除了眾多罐裝啤酒，到居酒屋還可以聽到「とりあえずなま」[to ri a e zu na ma]，也就是「總之，先來杯生啤酒」。（生ビール：指釀造後沒有經過殺菌程序，直接從啤酒桶供應的啤酒。）

　　有機會到日本居酒屋，不妨注意聽聽看哦。

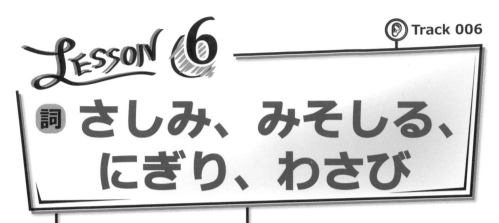

LESSON 6

詞 さしみ、みそしる、にぎり、わさび

本次學習 ○
已經學習 ○

平假名 五十音

あ	か	さ	た	な	は	ま	や	ら	わ
い	き	し	ち	に	ひ	み		り	
う	く	す	つ	ぬ	ふ	む	ゆ	る	ん
え	け	せ	て	ね	へ	め		れ	
お	こ	そ	と	の	ほ	も	よ	ろ	を

這一課我們繼續用日本料理的美味來學五十音。我們要用四個就算沒吃過也應該聽過的：沙西米、米梭西露、尼 gi 利、哇沙米來學み、そ、る、ぎ、び。

🌸 你一定聽過

✓ さしみ 生魚片 [sa shi mi]

「沙西米」意思是生魚片，是日本人非常愛的日常美食。你也喜歡嗎？

✓ にぎり 握壽司 [ni gi ri]

「尼 gi 利」握壽司的口味非常多變化，不論是生魚片或是熟食料理，都有不同的風味。

✓ **わさび** 芥末 [wa sa bi]

前面介紹的さしみ和にぎり這兩道日本料理，都會用到的「哇沙米」哦。

✓ **みそしる** 味噌湯 [mi so shi ru]

在「米梭西露」裡放幾塊豆腐、加一些柴魚片，暖暖的味噌湯就完成了！

鳥博這樣學 字源

➡ **み**

　　み的字源是「美」的草書，讀音其實就是台語的「美」。例如：美國的台語，美念作「米」，所以看到這個字，只要能聯想到它就是草書「美」的下方，就很容易讀出「米」。

草書來源

美 ➡ 美 ➡ み

そ的字源是草書的「曾」，因為它的讀音比較特別，沒辦法用台語聯想，所以必須硬記下來。但日本的漢字也有「曾」這個字，曾就讀作 [so]，有位首相「中曾根康弘」，讀作 [na ka so ne ya su hi ro]。

有首歌可以幫助我們看到「曾」就想到發「說」的音，**羅大佑名曲〈戀曲 1980〉的歌詞：你「曾」經對我「說」，你永遠愛著我……所以看到そ想到曾就想到說 [so]**。另外そ看起來有點像さ的上面向下「縮」，所以讀 [so]。

草書來源　　　　曾 → 号 → そ

る的字源從「留」的草書來。這個要從「留」的草書聯想，稍微難一點，但**我們可以從這個型著手，把它稍微變形一下，就很像 R。看到る想到 R 再想到 [ru]**，應該就不難發音。

草書來源　　　　留 → る → る

● み 讀音記憶 [mi]「米」

常聽到	平假名	羅馬拼音	漢字	意思
沙西米	さしみ	sa shi mi	刺身	生魚片
米米	みみ	mi mi	耳	耳朵
米納桑	みなさん	mi na sa n	皆さん	大家各位
滋納米	つなみ	tsu na mi	津波	海嘯

發音訓練

平假名	羅馬拼音	漢字	意思
みかん	mi ka n	蜜柑	橘子
のみもの	no mi mo no	飲み物	飲料
かみ	ka mi	神／紙	神明／紙張（同音）
うみ	u mi	海	海
なかみ	na ka mi	中身	內容

● そ 讀音記憶 [so]「梭、說」

常聽到	平假名	羅馬拼音	漢字	意思
米梭西露	みそしる	mi so shi ru	味噌汁	味噌湯
説嗲是	そうです	so u de su	✕	是呀，對呀
卡哇依梭	かわいそう	ka wa i so u	可哀想	可憐
梭吧	そば	so ba	蕎麦	蕎麥麵

😊 發音訓練

平假名	羅馬拼音	漢字	意思
それ	so re	✕	那個
そと	so to	外	外面
そうさ	so u sa	操作	操作
たいそう	ta i so u	体操	體操
しそ	shi so	紫蘇	紫蘇

● る 讀音記憶 [ru]「嚕」

常聽到	平假名	羅馬拼音	漢字	意思
媽魯	まる	ma ru	丸	圓圈
撒嚕	さる	sa ru	猿	猴子
烏魯賽	うるさい	u ru sa i	五月蠅い	囉嗦
哇嚕依	わるい	wa ru i	悪い	不好的

 發音訓練

平假名	羅馬拼音	漢字	意思
ある	a ru	有る	是，有
いる	i ru	居る	是，在
るす	ru su	留守	不在
する	su ru	✕	做
さわ**る**	sa wa ru	触る	觸摸

【番外篇】

▣ 濁音

● ぎ 讀音 [gi]、び 讀音 [bi]

這裡要來學兩個奇怪的字：にぎり的「ぎ」以及わさび的「び」。

原本是き、ひ，讀做 [ki、hi]，但現在多了兩點，就又是一個新的範圍：濁音。

五十音裡面，濁音只有 4 行，分別是 k、s、t、h 的發音。以我們之前學過的平假名來舉例，像是：かきこ／さしすそ／た／ひ，加上兩點，就要變濁音：

k → g；

s → z；

t → d；

h → b；

所以にぎり要唸 [ni gi ri]，わさび讀做 [wa sa bi]，以後看到有兩點的就比照辦理。

濁音總結整理：

かきこ [ka、ki、ko] → 濁音がぎご [ga、gi、go]；

さしすそ [sa、shi、su、so] 濁音ざじずぞ [za、zi、zu、zo]；

た [ta] → 濁音だ [da]；

ひ [hi] → 濁音び [bi]。

接下來，一起利用單字練習來熟悉發音。

😙 發音訓練

平假名	羅馬拼音	漢字	意思
みぎがわ	mi gi ga wa	右側	右側
かぎ	ka gi	鍵	鑰匙
ずいじ	zu i zi	隨時	隨時
ございます	go za i ma su	御座います	「是」的敬語
みず	mi zu	水	水
にぎり	ni gi ri	握り	握壽司
だいがく	da i ga ku	大学	大學
ぞう	zo u	象	象
わさび	wa sa bi	山葵	山葵
だす	da su	出す	發出／拿出
だんご	da n go	団子	糯米糰子（一種和果子）

□ 半濁音

知道濁音之後，順便一併把「半濁音」也學起來吧！

很簡單，看到不是加兩點而是加一個小圈圈時，就是半濁音。它只有一行 5 個字：は、ひ、ふ、へ、ほ。其發音也跟著規律改變，例：は [ha] 行，加兩點是發 [ba] 的音，加小圈圈則發 [pa] 的音。各半濁音的發音變化如下：

は [ha] → ぱ [pa]；

ひ [hi] → ぴ [pi]；

ふ [hu] → ぷ [pu]；

へ [he] → ぺ [pe]；

ほ [ho] → ぽ [po]。

 書寫練習

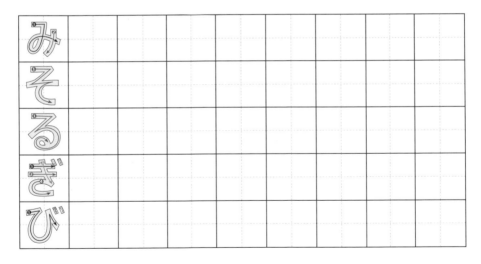

如果有機會到日本的壽司店，不妨坐在吧檯，一邊看師傅們巧手捏握壽司にぎり，一邊享用鮮美滋味，是非常有趣的經驗。

身為台灣人的我們，如果能了解一點にぎり的知識，吃起來也更有意思。

像醋飯叫做舍利（しゃり），有一說是米飯看起來像佛骨舍利；而醋飯上面的魚肉等食材叫做ネタ [ne ta]。

ネタ可以分類為「赤身」（紅色魚肉，像：鮪魚）、「白身」（白色魚肉，像：鯛魚、比目魚）、「光物」（也可寫成**光り物**，魚皮是亮亮的魚，像：竹筴魚、沙丁魚）、「貝物」、「煮物」，還有其他（海膽、蝦、烏賊、章魚……）等等，種類繁多。

建議會從味道比較淡的白肉魚開始吃，最後再吃味道濃郁的鮪魚肚肉 [to ro] 或穴子 [a na go]。

握壽司的單位以貫（かん）來計算，如果每貫之間要去除嘴裡殘味，可以吃生姜 [ga ri] 或喝茶（壽司店的茶稱為あがり [a ga ri]）。

點菜如果不熟悉，可以點綜合的**盛り合わせ**（もりあわせ [mo ri a wa se]），也可以選個價錢，交給師傅全權處理，叫做お任せ（おまかせ [o ma ka se]）也就是無菜單料理，有機會一定要吃吃看哦！

LESSON 7

詞 えびてん，らーめん

本次學習 ○
已經學習 ○

平假名 五十音

あ	か	さ	た	な	は	ま	や	ら	わ
い	き	し	ち	に	ひ	み		り	
う	く	す	つ	ぬ	ふ	む	ゆ	る	ん
え	け	せ	て	ね	へ	め		れ	
お	こ	そ	と	の	ほ	も	よ	ろ	を

這一節繼續吃日本料理，用你一定聽過的炸蝦和拉麵來學え、て、ら、め四個平假名。

🌸 你一定聽過

✓ **えびてん** 炸蝦 [e bi te n]

菜單上看到「**海老天**」，就是炸蝦，從「海老天婦羅」演變而來。

✓ **らーめん** 拉麵 [ra- me n]

不管愛不愛吃拉麵，其日語發音 [ra- me n]，相信大家一定是再熟悉不過的了。

え的字源是「衣」的草書，但發音不好聯想，對不對？

沒關係，え看起來很像什麼？元，對吧？元的發音 [yuan]，如果讀成台灣國語就像 [en]；日幣的單位「円」就讀作 [en]，平假名是えん，**所以看到え，可以想到就是日幣的元，也就是 [en] ／えん，え讀做 [e]。**

草書來源

衣 → む → え

字源就是「天」的草書。如果能夠想到是「天」，要發出 [te] 的音就不難；另外還可以這樣記：**て的上面一橫想像成桌子邊緣，下面一撇就像伸長的手，要去拿桌上東西。拿的台語就是 [te]，而且日語的手的發音也是 [te]，這樣記一舉兩得。**

而且我們已經知道 t 行的字加上兩點，就變濁音 [d]，所以で就讀作 [de]，順便把它記起來。

草書來源

天 → て → て

字源是「良」的草書，發音也類似。只要能想到是良，發音應該不難，而且這個字，只要愛吃拉麵的，一定都有印象。

另外，還可以這麼記：**ら很像鉤子，用鉤子勾住，用力拉！所以發音是 [拉]。**

草書來源

良 → ら → ら

め的字源就是草書的「女」，發音是 [me ／妹]，相當好記，**看到め就想到「妹」的女字邊，就知道要讀 [me ／妹] 了。**

草書來源

女 → め → め

● え 讀音記憶 [e]「ㄟ」

常聽到	平假名	羅馬拼音	漢字	意思
AB 天	えびてん	e bi te n	海老天	炸蝦
咖 A 嚕	かえる	ka e ru	帰る／蛙	回去／青蛙
烏 A 諾	うえの	u e no	上野	上野
A～？	え～？	e～		表示疑問的口氣

👄 **發音訓練**

平假名	羅馬拼音	漢字	意思
えき	e ki	駅	車站
えり	e ri	襟	衣領
えいご	e i go	英語	英語
こうえい	ko u e i	光栄	光榮
えがお	e ga o	笑顔	笑容

● **て** 讀音記憶 [te]「貼」／ **で** 讀音記憶 [de]「爹」

常聽到	平假名	羅馬拼音	漢字	意思
Tenki	てんき	te n ki	天気	天氣
Te 咖密	てがみ	te ga mi	手紙	信
den 哇	でんわ	de n wa	電話	電話
説爹是	そうです	so u de su		是的／就是那樣

👄 **發音訓練**

平假名	羅馬拼音	漢字	意思
さいてい	sa i te i	最低	差勁
ていか	te i ka	定価／低下	定價／降低
てき	te ki	敵	敵人
できる	de ki ru	出来る	做好／完成／產生（有多種意思）
でなおし	de na o shi	出直し	回來再去／重新開始
でんか	de n ka	殿下	殿下

● ら 讀音記憶 [ra]「拉」

常聽到	平假名	羅馬拼音	漢字	意思
拉麵	ら－めん	ra- me n		拉麵
Kirai	きらい	ki ra i	嫌い	討厭，不喜歡
梭拉	そら	so ra	空	天空
ki 拉 ki 拉	きらきら	ki ra ki ra		亮晶晶地

⟱ 發音訓練

平假名	羅馬拼音	漢字	意思
いたずら	i ta zu ra	悪戯	惡作劇
はなびら	ha na bi ra	花弁	花瓣
からい	ka ra i	辛い	辣的
みらい	mi ra i	未来	未來
おてら	o te ra	お寺	寺廟

● め 讀音記憶 [me]「妹」

常聽到	平假名	羅馬拼音	漢字	意思
妹喜	めいし	me i shi	名刺	名片
妹 zin	めいじん	me i zi n	名人	名人
烏梅	うめ	u me	梅	梅
妹希	めし	me shi	飯	飯

發音訓練

平假名	羅馬拼音	漢字	意思
め	me	目	眼睛
かめ	ka me	亀	龜
めずらしい	me zu ra shi i	珍しい	稀有的
あめ	a me	雨	雨
そうめん	so u me n	素麺	一種細麵

書寫練習

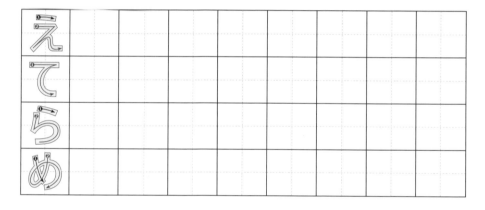

據說最早吃到拉麵的人是水戶黃門「德川光圀（「國」的異體字）」這位天下副將軍，他的中國策士朱舜水帶來的廣東廚師，把當時的烏龍麵高湯加上中式湯麵配料和煮法之後，獻給他享用，形成了今日拉麵的前身。

而到了現代，日本的拉麵已經是百家爭鳴。一般公認有三大派別：福岡博多豚骨拉麵、福島喜多方醬油拉麵、北海道札幌味噌拉麵。

國人喜愛的一蘭、一風堂就是濃郁的豚骨湯頭；喜多方的特色則是富含水分的寬扁麵加上醬油湯頭；而札幌味噌拉麵是最早贏得全國性知名度的地方拉麵。

除了三大派別，各種有獨道特色的拉麵店也不勝枚舉，像是得到米其林一星的蔦（加了黑松露醬）、柚子口味的阿夫利、白湯的丸玉……都讓拉麵老饕們的味蕾得到無比的滿足。

LESSON 8

詞 さくら／おはなみ／さけ

本次學習 ○
已經學習 ○

平假名 五十音

あ	か	さ	た	な	は	ま	や	ら	わ
い	き	し	ち	に	ひ	み			り
う	く	す	つ	ぬ	ふ	む	ゆ	る	ん
え	け	せ	て	ね	へ	め			れ
お	こ	そ	と	の	ほ	も	よ	ろ	を

日本春天最有名的活動是什麼？

沒錯，就是在櫻花樹下賞花，然後常常會喝點酒同樂。所以這一課就用櫻花、賞櫻、酒，這些開心的事情，來認識く、は、け。

你一定聽過

✓ さくら 櫻花 [sa ku ra]

「沙庫拉」，日本代表性的象徵，大家一定熟悉。

✓ お花見 賞花 [o ha na mi]

おはなみ，讀「歐哈娜咪」，櫻花季的賞花活動，更是讓外國觀光客每年機位、飯店都得早早就預訂的重要日本活動。

✓ さけ 酒 [sa ke]

「沙 ke」，喝酒文化是日本人日常的重要一環，另外「鮭」也叫做さけ。

く的字源是「久」的草書，久的台語是什麼？ [gu ／固] 對不對？跟 [ku ／庫] 很接近。く也很像注音符號的ㄑ（數字 7 的發音），讀四聲就是「氣」。因為く的讀音是 [ku]，也近似 [哭]，可以想成「氣哭了，哭很久」。這樣看到く就知道要讀 [ku]。另外，因為它是 k 行的字，所以加兩點變成濁音，就讀ぐ [gu ／咕]。

草書來源

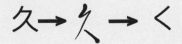

は由「波」的草書而來，看到波要聯想到發 [ha ／哈] 的音，因為發音比較沒有關聯性，必須強記。但可以聯想：如果你看過七龍珠動畫，龜仙人要發出龜派氣功（かめはめ波）時，會比個手勢喊 [咖妹哈妹～哈]，最後這個波就是喊出「哈～」的音。這樣是不是比較有印象了呢？！

　　值得注意的是，は放在句子當中時，常讀做 [wa ／哇]，例如：わたしは<ruby>学生<rt>がくせい</rt></ruby> [ga ku se i] です。(我是學生。) は是用來表示前面的我是主詞，這時唸做 [wa]。

　　另外，因為は是 h 行的字，所以它可以加兩點變濁音ば [ba ／巴]。h 行還有個獨一無二的特性，可以加上小圈圈，叫做半濁音，ぱ [pa ／趴]，所以之前學過的ひ [hi]，也可以變成び [bi ／嗶] 和ぴ [pi ／噼]。

> 草書來源

波→はﾞ→ は

　　け的字源是來自於「計」的草書，讀音也近似「計」的台語。所以，這個字很容易記憶。**看到け，想到計畫的計，用台語讀計，就知道它要讀 [ke]**。同樣的，因為它也是 k 行，所以加兩點，濁音げ就讀 [ge ／給]。

> 草書來源

計→げ→ け

● く 讀音記憶 [ku]「庫，哭」／ぐ [gu]「咕」

常聽到	平假名	羅馬拼音	漢字	意思
沙庫拉	さくら	sa ku ra	桜	櫻
庫搭賽	ください	ku da sa i	下さい	請
庫洛依	くろい	ku ro i	黒い	黑的
庫瑪	くま	ku ma	熊	熊

👄 **發音訓練**

平假名	羅馬拼音	漢字	意思
いく	i ku	行	去
くすり	ku su ri	薬	藥
くに	ku ni	国	國
くうこう	ku u ko u	空港	機場
くるま	ku ru ma	車	車子
ぐうすう	gu u su u	偶数	偶數
ぐたいてき	gu ta i de ki	具体的	具體的

● **は** 讀音記憶 [ha]「哈」／**ば** [ba]「巴」／**ぱ** [pa]「趴」

常聽到	平假名	羅馬拼音	漢字	意思
喔哈娜咪	お**は**なみ	o ha na mi	お花見	賞花
哈娜	**は**な	ha na	花／鼻	花／鼻子
搜巴	そ**ば**	so ba	✕	蕎麥麵
扛棒	かん**ば**ん	ka n ba n	看板	招牌
扛拜	かん**ぱ**い	ka n pa i	乾杯	乾杯

👄 **發音訓練**

平假名	羅馬拼音	漢字	意思
はずかしい	ha zu ka shi i	恥ずかしい	羞恥的
はし	ha shi	箸／橋	筷子／橋
はる	ha ru	春	春天
はんばい	ha n ba i	販売	販賣
ばか	ba ka	馬鹿	傻瓜（罵人的話）
なん**ぱ**	na n pa	軟派	搭訕
でん**ぱ**	de n pa	電波	電波

● け 讀音記憶 [ke]「ㄎㄟ」／げ [ge]「給」

常聽到	平假名	羅馬拼音	漢字	意思
沙 ke	さけ	sa ke	酒	酒
它 ke 諾扣	たけのこ	ta ke no ko	竹の子	竹筍
ke 沙	けさ	ke sa	今朝	今天早上
阿布拉給	あぶらげ	a bu ra ge	✗	油豆腐
Gen-Ki	げんき	ge n ki	元氣	健康

😮 發音訓練

平假名	羅馬拼音	漢字	意思
け	ke	毛	毛
いけ	i ke	池	池塘
はたけ	ha ta ke	畑	旱田
けんか	ke n ka	喧嘩	吵架
けが	ke ga	怪我	受傷
けしき	ke shi ki	景色	景色
げんかん	ge n ka n	玄関	玄關
あげる	a ge ru	上げる	舉起／抬起／提高（多重意思）

書寫練習

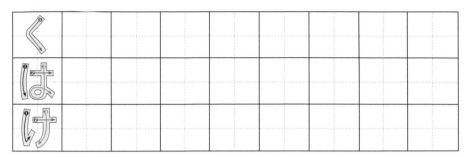

く							
は							
け							

豆知識

春天賞櫻花，在日本已有上千年歷史，從最初的貴族聚會活動，演變到現在的每年國民盛事。每年為了**お花見**，日本的氣象廳和新聞都會製作當年的「櫻前線」，提供最佳觀賞期的情報給民眾。

最常見的櫻花叫做「染井吉野櫻」，據說是江戶染井村的植木職人用兩種櫻花育種而成，廣受歡迎而被大量栽植。但因無法自然繁衍，只能插枝繁殖，所以所有的染井吉野櫻都是一樣的單瓣花型和顏色，綻放的溫度條件也都一樣，形成了同一區域的櫻花會同時開放和凋落的奇景。每年三月下旬開始，會由日本南部一路往北開放。

日本最老的巨櫻是「山高神代櫻」，在山梨縣北杜市的「實相寺」境內，品種是「彼岸枝垂櫻」。這種櫻很長壽，神代櫻被推斷有 2000 歲，據說是「日本武尊」東征回來時所植。這棵「國之天然紀念物」每年吸引了無數遊客前往欣賞。

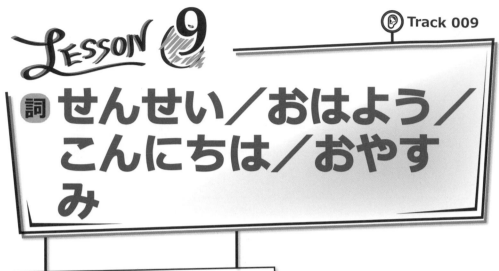

LESSON 9

詞 せんせい／おはよう／こんにちは／おやすみ

Track 009

這一節課的 4 個字，大家耳熟能詳：賢謝／歐嗨喲／空尼基哇／歐呀蘇咪，就用它們來學せ、よ、ち、や四個平假名。

你 一 定 聽 過

✓ **せんせい** 老師 [se n se i]

漢字就是「先生」，讀音也相似，肯定好記。

✓ **おはよう** 早安 [o ha yo u]

早就聽過的招呼語，現在只要把字形對照記起來就行了。

✓ **こんにちは** 日安 [ko n ni chi wa]

白天見面最常用的招呼語。

✓ **おやすみ** 晚安 [o ya su mi]

常用在睡前或是晚上分別時的招呼語。

字源是草書的「世」，很容易聯想，**用台語讀「世界」看看，[se gai] 對吧？せ的發音就是 [se]**。同樣的，加上兩點，它就變濁音ぜ [ze]。

草書來源　世 → せ → せ

よ字源是「與」的草書，發音也很接近 [yo]。另外，**它的樣子也容易聯想到 y（見下圖），所以看到よ想到 [yo]，應該是不難。**

草書來源　與(与) → よ → よ

其字源是草書的「知」，讀音也像。但看到ち要聯想到「知」不那麼容易。**ち很像さ的左右相反，有個日文單字應該聽過 [chi i sa i ／吉賽]，就是大小的「小」，平假名是ちいさい，看到ち想到さ，自然想到ちいさい要唸 [吉賽]，那ち就知道要唸 [chi]；**另外有個常見的女性名字，叫做幸子さちこ [sa chi ko 莎吉扣]，這也有助於記憶さ和ち的發音。

ち因為是 t 行，所以也有濁音ぢ [zi,di]。它的發音比較特別，很多時候跟じ [zi] 同音，所以常被改成じ，也因此有ぢ的單字不多。如果要打字拼音，要打 di 的發音才能顯示ぢ這個字。

草書來源　知 → ち → ち

字源是「也」的草書，讀音跟也的台語一樣，讀讀看，**「錢來也」的台語 [jin rai ya]，所以や [ya] 是很容易記憶的喔！**

草書來源　也 → や → や

● せ 讀音記憶 [se]「謝」／ぜ [ze]「無近似音」

常聽到	平假名	羅馬拼音	漢字	意思
賢謝	せんせい	se n se i	先生	老師
歐瑪咖謝	おまかせ	o ma ka se	お任せ	無菜單料理
賢拜	せんぱい	se n pa i	先輩	前輩
歐〜 zei	おおぜい	o o ze i	大勢	很多（專指人很多）

發音訓練

平假名	羅馬拼音	漢字	意思
せき	se ki	咳／席	咳嗽／座位
おせわに	o se wa ni	お世話に	承蒙照顧
せんたく	se n ta ku	洗濯／選択	洗濯／選擇
せびろ	se bi ro	背広	西裝
せいこう	se i ko u	成功	成功
ぜひ	ze hi	是非	表達「一定要去做」的用語
ぜいきん	ze i ki n	税金	税金

●よ 讀音記憶 [yo]「優」

常聽到	平假名	羅馬拼音	漢字	意思
歐嗨喲	おはよう	o ha yo u		早安
莎喲娜拉	さよなら	sa yo na ra		再會
優扣哈瑪	よこはま	yo ko ha ma	横浜	横濱
優～扣梭	ようこそ	yo u ko so		歡迎

發音訓練

平假名	羅馬拼音	漢字	意思
よる	yo ru	夜	夜晚
よそく	yo so ku	予測	預測
ようかん	yo u ka n	羊羹	羊羹
ようかい	yo u ka i	妖怪	妖怪
よわい	yo wa i	弱い	軟弱的

● ち 讀音記憶 [chi] 「吉、七」／ ぢ [zi,di]（極少用到）

常聽到	平假名	羅馬拼音	漢字	意思
空尼基哇	こんにちは	ko n ni chi wa	✕	日安
一級棒	いちばん	i chi ba n	一番	最棒的
吉賽	ちいさい	chi i sa i	小さい	小的
奇抗	ちかん	chi ka n	痴漢／置換	色狼／置換

😋 發音訓練

平假名	羅馬拼音	漢字	意思
いち	i chi	一	一
しち	shi chi	七	七
はち	ha chi	八	八
ちち	chi chi	父	家父
いちご	i chi go	莓	草莓

● や 讀音記憶 [ya]「呀」

常聽到	平假名	羅馬拼音	漢字	意思
歐呀蘇咪	おやすみ	o ya su mi	お休み	晚安
蘇 ki 呀 ki	すきやき	su ki ya ki	すき焼き	壽喜燒
亞馬哈	やまは	ya ma ha	山葉	山葉
蘇西亞	すしや	su shi ya	鮨屋／寿司屋	壽司店

平假名	羅馬拼音	漢字	意思
やすい	ya su i	安い	便宜的
やおや	ya o ya	八百屋	蔬果店
やさしい	ya sa shi i	優しい	溫柔的
やさい	ya sa i	野菜	蔬菜
やばい	ya ba i	✕	糟了（口語）

 書寫練習

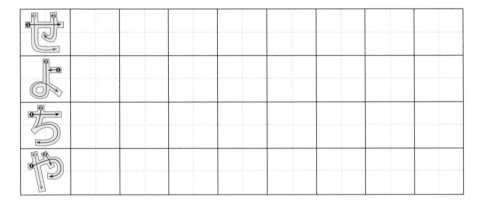

日文的教師叫作「先生」，但是被稱作先生的不一定是教師，也有可能是作家、醫生、畫家、政治家、律師等等。

「先生」是一種對有專門學問或技藝者的尊稱，不論男女都可以稱為「先生」。因為是尊稱，所以不適合自稱，因此如果要自我介紹是老師的話，不能説：「私は先生です。」，可以説「私は教師 [kyo u shi] です。」。

關於招呼語：

早安おはよう，很有禮貌的用法要加上「ございます [go za i ma su]」，おはようございます；晚上好，日文是「こんばんは [ko n ba n wa]」；而おやすみ則用在睡前或是晚上道別時「晚安」的意思，禮貌一點可以説「おやすみなさい」[o ya su mi na sa i]。

LESSON 10

詞 ゆき／さむい／おゆ／あつい

日本冬天的雪景真令人心
曠神怡！這一節，就用
雪、冷、熱水、熱，四個
常用字來學ゆ、む、つ三
個平假名。

你一定聽過

✓ **ゆき** 雪 [yu ki]

　　[yu ki] 冬天到日本賞雪是一大樂事，這個字非學不可。另外，在車站也常聽到 XX（地名）ゆき，這時的意思是往 XX（地名）方向行駛的。

✓ さむい 冷 [sa mu i]

[sa mu i 沙木依]，下雪當然很「沙木衣」了，一起學起來！

✓ おゆ 熱水 [o yu]

[o yu 歐 yu] お湯就是熱水的意思，在澡堂或餐廳常見的字。

✓ あつい 熱 [a tsu i]

相對於ゆき的さむい，「熱あつい」阿注伊就是熱的。あつい有多重意思，熱水的熱（熱い）、天氣熱的熱（暑い）、東西很厚的厚（厚い），都讀做あつい。

其字源是草書的「由」，試試用台語讀「由來」[yu rai]，ゆ就是讀 [yu]，所以這個字很容易記憶。另外，它看起來也很像「油」字，也是可以幫助發音聯想。

草書來源

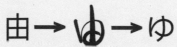

む的字源是「武」的草書，用台語讀「武功」[mu gon]，就知道む是發 [mu] 的音。另外，む也很像一尾小龍，迪士尼花木蘭卡通裡的小龍叫做「木須龍」，也可以幫助聯想む要發「木」的音。

草書來源

　　つ的字源是「川」。つ的發音近似「住、疵、吱」。另外，還可以這樣聯想：**つ很像老鼠尾巴，老鼠怎麼叫？吱吱叫！所以，看到つ就想到唸 [tsu]**。還有，因為它是 t 行，所以也可以濁音づ，但它跟ち的濁音ぢ一樣，都有點尷尬，因為づぢ和ずじ同音，所以常常被ずじ取代。有づ的單字也少見，鍵盤打字要打 du 才能顯示，知道它有濁音即可，很少用。

草書來源

💡 **圖像記憶** ▋▋

● ゆ 讀音記憶 [yu]「無近似音」

常聽到	平假名	羅馬拼音	漢字	意思
yu.ki	ゆき	yu ki	雪	雪
yu 咖答	ゆかた	yu ka ta	浴衣	浴衣
歐 yu	おゆ	o yu	お湯	熱水
（一般如果看到店門口布簾寫著お湯，就是「澡堂」的意思。）				
優古力	ゆっくり	yu kku ri	✕	慢慢來

平假名	羅馬拼音	漢字	意思
ゆり	yu ri	百合	百合
ゆず	yu zu	柚子	柚子
ゆうえんち	yu u e n chi	遊園地	遊樂場
ゆうびん	yu u bi n	郵便	郵務
ゆか	yu ka	床	地板

● む 讀音記憶 [mu]「木」

常聽到	平假名	羅馬拼音	漢字	意思
沙木依	さむい	sa mu i	寒い	冷的
Ki 木拉	きむら	ki mu ra	木村	木村（姓）
木理	むり	mu ri	無理	太勉強，不可能
木卡西	むかし	mu ka shi	昔	從前

發音訓練

平假名	羅馬拼音	漢字	意思
むし	mu shi	虫	蟲
むずかしい	mu zu ka shi i	難しい	困難的
さむらい	sa mu ra i	侍	武士
むすめ	mu su me	娘	女兒
むすこ	mu su ko	息子	兒子

● つ 讀音記憶 [tsu]「注、疵、吱」／づ [zu]「無近似音」

常聽到	平假名	羅馬拼音	漢字	意思
阿注依	あつい	a tsu i	熱い	熱
注庫 A	つくえ	tsu ku e	机	桌子
注馬拉奈	つまらない	tsu ma ra na i	詰まらない	無聊的，無趣的
注注庫	つづく	tsu zu ku	続く	繼續，未完

發音訓練

平假名	羅馬拼音	漢字	意思
つき	tsu ki	月	月亮
まつ	ma tsu	松	松樹
なつ	na tsu	夏	夏天
いつ	i tsu	何時	何時
いくつ	i ku tsu	幾つ	幾個

書寫練習

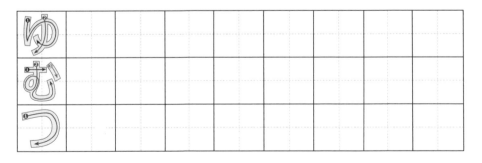

　　泡湯文化是日本特色之一，讓我們多了解幾個跟泡湯有關的知識吧！

　　溫泉叫做おんせん [o n se n]， 錢湯せんとう [se n to u] 則是收費的大眾澡堂（水質未必是溫泉）。スーパー錢湯 [su- pa- se n to u] 指的是裡面還提供用餐、按摩、SPA 等等服務的超級錢湯。

　　在溫泉飯店會設置大浴場（だいよくじょう [da i yo ku jyo u]），如果寫著露天風呂（ろてんぶろ [ro te n bu ro]）就是戶外泡湯設施，這些設施都是大眾池。如果想要有隱密性的私人湯屋，可以找有貸切風呂（かしきりぶろ [ka shi ki ri bu ro]）的溫泉旅館。

　　泡湯分成男湯（おとこゆ [o to ko yu]）及女湯（おんなゆ [o n na yu]），現在幾乎沒有混浴（こんよく [ko n yo ku]）（男女混浴）了。還有一種足湯（あしゆ [a shi yu]）（只泡腳）。

　　如果當天只想泡湯不住宿，可以看看溫泉旅館是不是有日帰（ひがえり [hi ga e ri]）方案（當天來回方案）。

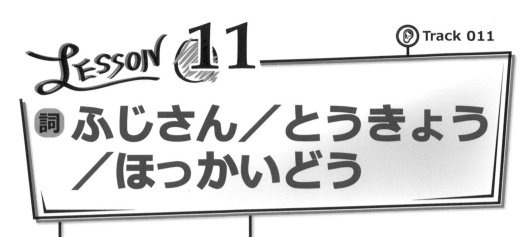

LESSON 11

詞 ふじさん／とうきょう／ほっかいどう

本次學習 ○
已經學習 ○

平假名 五十音

あ	か	さ	た	な	は	ま	や	ら	わ
い	き	し	ち	に	ひ	み		り	
う	く	す	つ	ぬ	ふ	む	ゆ	る	ん
え	け	せ	て	ね	へ	め		れ	
お	こ	そ	と	の	ほ	も	よ	ろ	を

日本知名的地名：富士山、東京、北海道，你一定不陌生，這節課就用它們來學ふ、と、ほ和很特別的よ和つ小字的用法吧！

🌸 你一定聽過

✓ **ふじさん** 富士山 [fu ji sa n]

説到日本，腦海中必定會浮現的代表性象徵。

✓ **とうきょう** 東京 [to u kyo u]

全世界人口密度數一數二的超繁華都市！

091

✓ ほっかいどう 北海道 [ho kka i do u]

日本最北的一級行政區，首府是札幌，物產豐富。

　　ふ的字源是「不」的草書，羅馬拼音是 [fu]，但其實比較接近 [hu] 的音（畢竟是 h 行）。怎麼聯想呢？錢賺不夠花，叫做「入不敷出」，**不敷、不敷，看到ふ想到「不」，就想到發 [fu 敷] 的音。**

　　另外，這 h 行的特色是：有濁音也有半濁音，所以ぶ、ぷ要讀成 [bu]、[pu]。ぶ也常常有「不」的意思。

> 草書來源
>
> 不 → ふ → ふ

と的字源是「止」，在日本常可以看到馬路靠近十字路口的位置寫著「止まれ」或「とまれ」，就算沒有紅綠燈也要停一下，所以**とまれ就是 stop！可以這樣聯想：看到と，想到止，止就是 stop，記住と就是發 [to] 的音。**另外，因為是 t 行，所以と也有濁音ど [do]。

草書來源

止 → じ → と

其字源是草書的「保」，字形聯想不難，但發音呢？

可以這樣記：**用台語讀「保護」[ber ho]，剛好是讀 [ho]，所以ほ保 [ho]。**還有它和は很像，就是多了一橫而已。は是 h 行第一個音，發 [ha]；ほ是 h 行第五個音，[a i u e o]，這樣可以輕鬆知道它要發 [ho]。另外 h 行可以加兩點，也可以加圈圈，所以有濁音ぼ [bo] 和半濁音ぽ [po]。

草書來源

保 → ほ → ほ

- **ふ** 讀音記憶 [fu,hu]「敷、呼」／**ぶ** [bu]「不」／
  ぷ [pu]「噗」

常聽到	平假名	羅馬拼音	漢字	意思
Fujisan	**ふ**じさん	fu ji sa n	富士山	富士山
敷希 gi	**ふ**しぎ	fu si gi	不思議	不可思議
歐敷洛	お**ふ**ろ	o fu ro	お風呂	浴缸
Shibuya	し**ぶ**や	shi bu ya	渋谷	澀谷
甜不辣	てん**ぷ**ら	te n pu ra	天麩羅／天婦羅	天婦羅

👄 **發音訓練**

平假名	羅馬拼音	漢字	意思
ふね	fu ne	船	船
ふゆ	fu yu	冬	冬天
ふたり	fu ta ri	二人	兩人
ふうふ	fu u fu	夫婦	夫婦
ふかい	fu ka i	深い	深的
ふかけつ	fu ka ke tsu	不可欠	不可或缺
ふんいき	fu n i ki	雰囲気	氛圍
ぶたにく	bu ta ni ku	豚肉	豬肉
ぶあいそ	bu a i so	無愛想	不親切
ぷりん	pu ri n	✕	布丁

● **と** 讀音記憶 [to]「投」／ **ど** 讀音 [do]「都」

常聽到	平假名	羅馬拼音	漢字	意思
Tokyo	とうきょう	to u kyo u	東京	東京
Kyoto	きょうと	kyo u to	京都	京都
Toshiba	とうしば	to u shi ba	東芝	東芝
Toyota	とよた	to yo ta	豊田	豊田

發音訓練

平假名	羅馬拼音	漢字	意思
と**り**	to ri	鳥	鳥
と**まる**	to ma ru	止まる	停止
と**ら**	to ra	虎	虎
と**んじる**	to n zi ru	豚汁	豬肉味噌湯
さと**う**	sa to u	佐藤	佐藤（姓）
と**うふ**	to u fu	豆腐	豆腐
ぶと**ん**	bu to n	布団	被褥
ど**ちら**	do chi ra		哪一方／哪位
ど**こ**	do ko		在哪裡？
う**どん**	u do n	饂飩	烏龍麵

● **ほ** 讀音記憶 [ho] [原]／**ぼ** [bo] [剝]／**ぽ** [po] [波]。

常聽到	平假名	羅馬拼音	漢字	意思
Nihon	に**ほん**	ni ho n	日本	日本
Nippon	にっ**ぽん**	ni ppo n	日本	日本
Hokkaido	**ほ**っかいど**う**	ho kka i do u	北海道	北海道
紅豆	**ほ**んとう	ho n do u	本当	真的
Tombow	とん**ぼ**	to n bo	蜻蛉	蜻蜓

😮 **發音訓練**

平假名	羅馬拼音	漢字	意思
ほん	ho n	本	書
ほんや	ho n ya	本屋	書店
ほし	ho shi	星	星星
ほたる	ho ta ru	蛍	螢火蟲
ほうそう	ho u so u	放送	播放
ほほえみ	ho ho e mi	微笑	微笑
さん**ぽ**	sa n po	散步	散步
さん**ぼ**ん	sa n bo n	三本	三根
（ 本放在數目後，是用來形容細長或薄的物體的量詞）			
ほしい	ho shi i	欲しい	想要
ほこる	ho ko ru	誇る	誇耀、自豪
さくらん**ぼ**	sa ku ra n bo	✕	櫻桃
ぼうし	bo u shi	帽子	帽子

【番外篇】

◻ **拗音**

　　接著來了解Tokyo（とうきょう）的きょう，這個よ的小字叫做「拗（ㄠˇ）音」。拗有弄彎的意思，所以就是把前一個平假名的音加上 yo 的音，彎曲一下，例如：き本來是 ki，加上了小 yo，就變成了 kyo（きょ）；y 行的三個字，やゆよ都可以變成小字，大部分的い段平假名都可以加上這小尾巴，變成拗音。兩個字合起來當拗音時，只有一個音節，並不會拉長音。

電腦打字的話，一般把前面子音加上 ya/yu/yo 就可顯示，例如：kya/kyu/kyo きゃ / きゅ / きょ。ち行是例外，它是打 cha/chu/cho 就可顯示ちゃ / ちゅ / ちょ。

接下來，利用以下常聽到的單字，來熟悉拗音的唸法。

😮 **發音訓練**

平假名	羅馬拼音	漢字	意思
おきゃくさま	o kya ku sa ma	お客様	對顧客的尊稱
しゃぶしゃぶ	sya bu sya bu		涮涮鍋
しゃしん	sya shi n	写真	攝影、照片
ちゃわんむし	cha wa n mu shi	茶碗蒸し	茶碗蒸
にんじゃ	ni n jya	忍者	忍者
ひゃく	hya ku	百	百
ぎゅうにゅう	gyu u nyu u	牛乳	牛乳
りゅう	ryu u	竜	龍
こんにゃく	ko n nya ku	蒟蒻	蒟蒻
きょり	kyo ri	距離	距離
きょうと	kyo u to	京都	京都
ぎょうざ	gyo u za	餃子	餃子
りょうり	ryo u ri	料理	料理
としょかん	to syo ka n	図書館	圖書館

▣ **促音**

接下來，來看看北海道（ほっかいどう [ho kka i do u]）這個小字っ怎麼發音。它叫做促音，本身不發音，作為一個停頓的標記，讀法是把前面那個音發成短促的音，例如：ほっかいどう的ほ要比正常的ほ要短促。促音一般都放在 k/s/t/ts/p 等子音的前面。

電腦打日文時，想打出小的っ，就是重複後面的子音，即可顯示。例如：hokkaido，看到 kk 就知道這裡是促音。

一起來練習底下的單字，你就會更了解發音方式了。

😶 發音訓練

平假名	羅馬拼音	漢字	意思
ざっし	za sshi	雑誌	雜誌
きって	ki tte	切手	郵票
がっき	ga kki	楽器	樂器
がっこう	ga kko u	学校	學校
なっとう	na tto u	納豆	納豆
かっぱ	ka ppa	河童	河童

接下來，一起來複習拗音、促音的發音吧！

😶 發音訓練

平假名	羅馬拼音	漢字	意思
ちょっとまって	cho tto ma tte	ちょっと待って	請稍待
いらっしゃいませ	i ra ssha i ma se	✕	歡迎光臨
とっきょ	to kkyo	特許	專利、特許權

ふ								
と								
ほ								
よ								
つ								

富士山標高 3775.63 公尺，是一座橫跨靜岡縣和山梨縣的活火山（最近一次的噴發是 1707 年），是日本的象徵，也是許多文學和藝術作品歌詠的對象。

浮世繪名家「葛飾北齋」繪製的「富嶽三十六景」，就是以富士山為題材的傳世之作，共有 46 幅（本來是 36 幅，因為太受歡迎，又加了 10 幅），每一幅畫都有實際景色依據，構圖不一，充分展現畫家功力和創意；其中「神奈川沖浪裡」（沖浪裡，不是指衝浪，沖是「海域」的意思，也就是神奈川海域的浪），滔天巨浪和遠處富士山形成對比，更是世界知名的日本繪畫符號。

而「凱風快晴」和「山下白雨」兩幅裡的富士山，分別以紅和黑表現，被稱為「赤富士」、「黑富士」，也都是這位「畫狂老人」廣為人知的富士山名作。

LESSON 12

詞 ももたろう／いぬ／ねこ

本次學習 ○
已經學習 ○

平假名 五十音

あ	か	さ	た	な	は	ま	や	ら	わ
い	き	し	ち	に	ひ	み		り	
う	く	す	つ	ぬ	ふ	む	ゆ	る	ん
え	け	せ	て	ね	へ	め		れ	
お	こ	そ	と	の	ほ	も	よ	ろ	を

這一課用桃太郎、狗、貓，來學習四個平假名：も、ろ、ぬ、ね。

你一定聽過

✓ **ももたろう** 桃太郎 [mo mo ta ro u]

[摩摩他洛]，大家都耳熟能詳的日本英雄。

✓ **いぬ** 狗 [i nu]

桃太郎的第一個夥伴就是「狗狗」（いぬ [1 nu 伊奴]）。

✓ **ねこ** 貓 [ne ko]

[內扣]，喜愛貓的日本人非常多，大文豪「夏目漱石」的名作更有一本小説名為「我是貓」。

も的字源是「毛」的草書，發音也像毛的台語 [mo]，非常容易記憶。

草書來源

毛 → 毛 → も

ろ的字源是「呂」的草書，發音是 [ro]，但實際近似不捲舌的 [lo]，很像台語「路」的發音。**有個單字一起記憶的話就很容易聯想：日本人洗澡一定要有的浴缸（お風呂 [歐夫洛]），這樣是不是看到呂就知道要唸 [ro] 了？！另外，還可以搭配る來想，るろ兩個樣子很像，る是 [ru]，ろ是第五段，就讀 [ro]。**

草書來源

呂 → ろ → ろ

ぬ [nu] 的字源是「奴」，形狀發音都像，也是屬於超容易記憶的平假名。

草書來源　　奴 → ぬ → ぬ

其字源是「祢」的草書。「祢」指神靈狀態的「你」，讀音 [ni 或 mi]，也近似 [ne]。**ね的型可以看成一隻蹲坐的貓，貓的日文叫「ねこ」[ne ko]，日本動漫常聽到這個字，用這樣的聯想把ね記起來**。另外，日本有一種豆皮泡麵很受歡迎，名字就叫きつね（狐），愛吃這種泡麵的，一定對ね有印象。

草書來源　　祢 → 祢 → ね

● も 讀音記憶 [Mo]「摸」

常聽到	平假名	羅馬拼音	漢字	意思
摩摩他洛	**もも**たろう	mo mo ta ro u	桃太郎	桃太郎
模吉攏	**もち**ろん	mo chi ro n	勿論	當然
模米吉	**もみじ**	mo mi ji	紅葉	楓葉（紅葉）
爹摩	で**も**	de mo		但……

發音訓練

平假名	羅馬拼音	漢字	意思
もの	mo no	物	物品
もんだい	mo n da i	問題	問題
まもなく	ma mo na ku	間もなく	現在馬上
（車站廣播常聽到：「現在要進站的是⋯⋯」）			
きもち	ki mo chi	気持ち	心情、感覺
もういちど	mo u i chi do	もう一度	再一次

● ろ 讀音記憶 [ro lo]「漏、洛」

常聽到	平假名	羅馬拼音	漢字	意思
他洛	たろう	ta ro u	太郎	太郎
優洛希庫	よろしく	yo ro shi ku	宜しく	請多指教
八卡鴨肉	ばかやろう	ba ka ya ro u	馬鹿野郎	傻瓜
（很生氣罵人笨蛋的粗話，盡量不用）				
歐夫洛	おふろ	o fu ro	お風呂	浴缸

發音訓練

平假名	羅馬拼音	漢字	意思
うしろ	u shi ro	後ろ	後面
ふくろ	fu ku ro	袋	袋子
いろいろ	i ro i ro	色色	各式各樣
こころ	ko ko ro	心	心
ろっぽんぎ	ro ppo n gi	六本木	六本木（東京市內的地名）

● ぬ 讀音記憶 [nu] 「奴」

常聽到	平假名	羅馬拼音	漢字	意思
伊奴	いぬ	i nu	犬	狗
奴立 A	ぬりえ	nu ri e	塗り絵	著色畫
Ze 奴 ki	ぜいぬき	ze i nu ki	税抜き	不含稅
它奴 ki	たぬき	ta nu ki	狸	狸貓

發音訓練

平假名	羅馬拼音	漢字	意思
せんぬき	se n nu ki	栓抜き	開罐器
ぬぐ	nu gu	脱ぐ	脫去
ぬれる	nu re ru	濡れる	弄濕
ぬう	nu u	縫う	縫
ぬすむ	nu su mu	盗む	偷盜

● ね 讀音記憶 [ne][近似 內]

常聽到	平假名	羅馬拼音	漢字	意思
內扣	ねこ	ne ko	猫	貓
Ki 之內	きつね	ki tsu ne	狐	狐狸
歐咖內	おかね	o ka ne	お金	錢
歐內蓋依	おねがい	o ne ga i	お願い	拜託

發音訓練

平假名	羅馬拼音	漢字	意思
ねずみ	ne zu mi	鼠	老鼠
ねつ	ne tsu	熱	發燒
ねる	ne ru	寝る	睡覺
むね	mu ne	胸	胸部
めがね	me ga ne	眼鏡	眼鏡

書寫練習

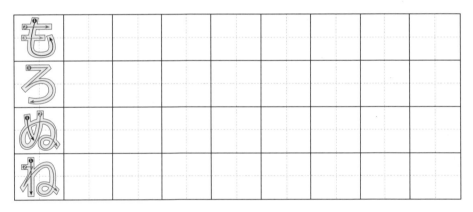

桃太郎的故事，大家耳熟能詳，但你知道桃太郎的故鄉在哪裡嗎？而且為什麼是從桃子生出來而不是其他水果？

桃太郎的原型，有一說是來自於古代的「吉備津彥命」討伐「惡鬼溫羅」的傳說。現在的岡山縣就屬於古代的吉備國，而岡山白桃產量是日本第一，而且桃子自古就被認為有驅邪功效，所以打鬼的正義使者從大桃子裡誕生也就順理成章了。

有趣的是，桃太郎用「吉備糰子（きびだんご [ki bi da n go]）」（吉備又和黍同音）結交了狗、猴、雉雞一同打鬼，糯米糰子也是岡山名產之一，所以從此岡山縣便成為了桃太郎的故鄉了。

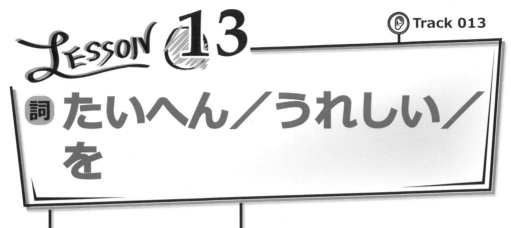

LESSON 13

詞 たいへん／うれしい／を

本次學習 ○
已經學習 ○

平假名 五十音

あ	か	さ	た	な	は	ま	や	ら	わ
い	き	し	ち	に	ひ	み			り
う	く	す	つ	ぬ	ふ	む	ゆ	る	ん
え	け	せ	て	ね	へ	め		れ	
お	こ	そ	と	の	ほ	も	よ	ろ	を

於要把五十音平假名都學起來了，真是辛苦了啊！但就要全部學起來了，一定很開心吧？這一刻，就用這兩個形容詞：辛苦／開心，來學へ、れ兩個平假名，再加上一個特殊平假名を。

🌸 你一定聽過

✓ たいへん 大変 [ta i he n]

常聽到的，表示「很累、辛苦、很不得了」的形容詞。

✓ うれしい 開心 [u re shi i]

很常用來表示當下很高興的心情用語，漢字是「嬉しい」。

109

 へ

其字源是「部」的草書，不容易聯想對不對？沒關係，**你看它是不是很像注音符號的ㄟ？旋轉一下，也像厂。厂加ㄟ，不就是「嘿」了嗎？**

所以へ就是讀「嘿」[he]。

因為是 h 行，所以有濁音べ [be] 和半濁音ぺ [pe]。另外，要注意的是，放在句子裡當助詞時，へ要讀做 [e]，例如：こうえん　へ　いきます要讀做 [ko u e n e i ki ma su]，意思是：去公園。

草書來源　　部 → 部 → へ

💡 **圖像記憶**

● へ 讀音記憶 [he]「嘿」

常聽到	平假名	羅馬拼音	漢字	意思
台嘿嗯	たいへん	ta i he n	大変	形容辛苦的、不得了的事
嘿嗯那	へんな	he n na	変な	奇怪的
嘿呀	へや	he ya	部屋	房間
hen 太	へんたい	he n ta i	変態	變態（罵人語）

😮 發音訓練

平假名	羅馬拼音	漢字	意思
へた	he ta	下手	不擅長、不拿手
へそ	he so	臍	肚臍
へび	he bi	蛇	蛇
へいき	he i ki	平気	表示心理上的沒關係或冷靜
たべる	ta be ru	食べる	吃
べんきょう	be n kyo u	勉強	學習
べつべつ	be tsu be tsu	別々	分開的（例如：算帳時）
ぺこぺこ	pe ko pe ko	╳	肚子餓

鳥博這樣學 字源

→ **れ**

れ的字源是「礼」的草書。**礼**就是「禮」，用台語讀「禮貌」是 [re mau]，**れ**的發音就是 [re]，實際發音也是不捲舌的 [le]。

草書來源　礼 → **れ** → れ

💡 圖像記憶 ‖

うれ
嬉しい

●れ 讀音記憶 [re]「雷」

常聽到	平假名	羅馬拼音	漢字	意思
烏雷希	うれしい	u re shi i	嬉しい	開心地
連辣庫	れんらく	re n ra ku	連絡	聯絡
戀愛	れんあい	re n a i	恋愛	戀愛
連休	れんしゅう	re n syu u	練習	練習

發音訓練

平假名	羅馬拼音	漢字	意思
れきし	re ki si	歴史	歴史
れいぞうこ	re i zo u ko	冷蔵庫	冰箱
れいぶん	re i bu n	例文	例句
これ	ko re		這個
わすれる	wa su re ru	忘れる	忘記

113

　　這個を很特別，因為它的電腦打字要打 [wo]，實際上卻是 [o]，跟お同音。其字源是 [遠]。這個字不容易聯想，必須硬記，但是不用擔心，因為を只出現在句子裡，不會出現在單字上面，而且它是單獨存在的。搭配例句，你看到它一定記得起來，它就是讀 [o]。

$\boxed{\text{草書來源}}$

👄 **發音訓練**

1 すし**を**食^たべる。[su shi o ta be ru]（吃壽司。）

　を作為助詞，表示前面的名詞是後面動詞的受格。

2 写真^{しゃしん}**を**撮^とる。[sya shi n o to ru]（拍照片。）

3 あの本^{ほん}**を**ください。[a no ho n o ku da sa i]（請給我那本書。）

書寫練習

へ								
れ								
を								

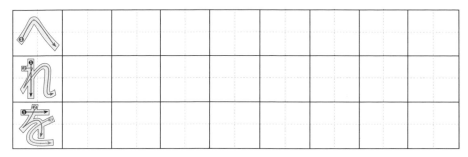

うれしい、たのしい、喜ぶ，都可以表達快樂，那麼在使用上有什麼差別呢？

先説「喜ぶ」，它是動詞，常用「喜んでいる」（よろこんでいる [yo ro ko n de i ru]）來表示喜悦的狀態，意思是「看起來很高興」，多用在形容別人。例如：**彼女はとても喜んでいる。**（她很高興。）

如果是表達自己的感覺，うれしい、たのしい的語感上是不同的。

「うれしい」指當下的感受，因為事件觸發引起的瞬間喜悦，例：收到禮物時表示：「好高興啊，謝謝！」就可用「うれしい、ありがとう！」[u re shi i a ri ga to u]。

而「たのしい」指自己參與事件過程後的持續情感，例如：今天很開心。（「きょうは楽しかった」[kyo u wa ta no shi ka tta]）。

常在日劇裡看到這一句，是約會完後跟對方表示今天過得很快樂的用語，因為是指整個過程。要用**楽しい**，而約會完了，所以用過去式，**楽しい**就變成しかった。

PART2

片假名

學習前導

完全學會平假名之後，再要記憶片假名就相對簡單了。我們按照「五段十行」的順序來記憶片假名。

片假名的字源是中文字的偏旁，主要用在外來語，所以同時也把外來語原文（例如：英文）一起記憶，會很有幫助。

另外一個重點是：訓練自己看到片假名，就能知道它的平假名是什麼，這樣就一定會發音了。

看到外文，常可以直接推想它的外來語，但有時要注意的是：日本人常把一些外文變形成獨有的外來語，這時候就要另外再記憶一下。

片假名的發音規則，幾乎和平假名一樣，所以濁音等等的，就比照平假名學到的就可以。

音檔雲端連結

因各家手機系統不同，若無法直接掃描，仍可以至以下電腦雲端連結下載收聽。
（https://tinyurl.com/3txddcjv）

LESSON 1

第一行

ア（あ）イ（い）
ウ（う）エ（え）
オ（お）

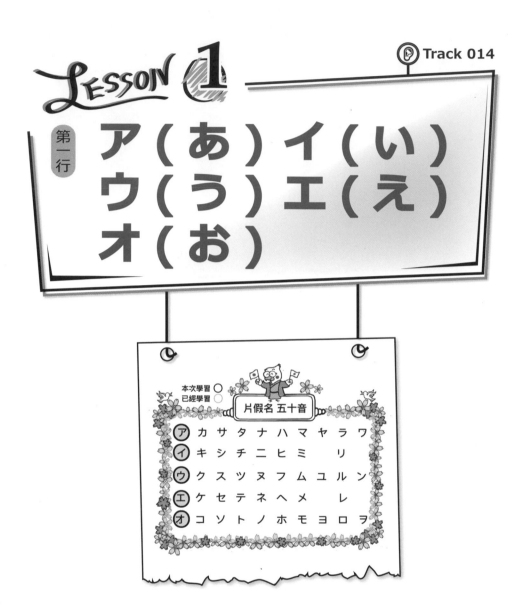

本次學習 ○
已經學習 ○

片假名 五十音

ア	カ	サ	タ	ナ	ハ	マ	ヤ	ラ	ワ
イ	キ	シ	チ	ニ	ヒ	ミ		リ	
ウ	ク	ス	ツ	ヌ	フ	ム	ユ	ル	ン
エ	ケ	セ	テ	ネ	ヘ	メ		レ	
オ	コ	ソ	ト	ノ	ホ	モ	ヨ	ロ	ヲ

 **ア（あ）**

あ讀做「阿」，片假名也來自於「阿」。

部首來源 　　　　阿 ➔ ア

イ（い）

い讀做伊，片假名也來自於「伊」。

部首來源 　　　　伊 ➔ イ

 **ウ（う）**

字源是宇宙的「宇」，雖不容易直接發音（要想到宇的台語），但**還好它和平假名樣子很像，所以聯想到平假名即可。**

部首來源 　　　　宇 ➔ ウ

字源是「江」字和音都不易有關聯，怎麼辦呢？

這種狀況最好是發揮想像力，用一個情境，編一個句子來記憶～～

廣告説：日本進口的壓縮機非常稀少……**日文的空調叫做「Ａ阿控」**（從 air conditioner 而來），**想像一下修冷氣要「工」具，還有控的下方也有個「工」，所以看到エ就想到要拿工具修「Ａ阿控」，發 [e/A] 的音。**

另外可以這樣想：え＝元＝日幣的円（えん）。円也有個工的形狀，所以看到工就想到円，發え。

部首來源

$$ 江 \longrightarrow エ $$

オ字源是「於」的左邊，不容易直接發音，但看起來也像「才」，而且它其實跟お的左邊很像。編個句子來幫助記憶：**「於」是我們看到「オ」，「オ」想到它就是「お」，發 [o] 音。**

部首來源

$$ 於 \longrightarrow オ $$

● ア 讀音記憶 [a]「阿」

😊 發音訓練

片假名	外來語原文	羅馬拼音	意思
アメリカ	America	a me ri ka	美國
アイス	ice	a i su	冰
アニメ	anime	a ni me	日本動漫
アプリ	app	a pu ri	應用程式
アップル	apple	a ppu ru	蘋果
ストア	store	su to a	店
アジア	Asia	a zi a	亞洲
アイロン	Iron	a i ro n	熨斗

○ 註：像這裡的アプリ單字發音就和原來的英文差很多，因為把 application 簡略化了，要特別記憶。

● イ 讀音記憶 [i]「伊」

😊 發音訓練　　○ 外來語用片假名表示，符號「－」代表長音。

片假名	外來語原文	羅馬拼音	意思
イギリス	english	i gi ri su	英國
インターネット	internet	i n ta- ne tto	網際網路
イベント	event	i be n to	活動
イタリヤ	Italy	i ta ri ya	義大利
イメージ	image	i me- ji	形象
イラスト	illustration	i ra su to	插畫
イエス	Yes	i e su	是
タイヤ	tire	ta i ya	輪胎

● ウ 讀音記憶 [u]「烏、屋」

😊 發音訓練

片假名	外來語原文	羅馬拼音	意思
ウーロン茶	烏龍茶	u- ro n cha	烏龍茶
ウイルス	virus	u i ru su	病毒
ウイスキー	whisky	u i su ki-	威士忌
ウール	wool	u- ru	羊毛
ハウス	house	ha u su	房子
ウクレレ	ukulele	u ku re re	烏克麗麗
ウエスト	waist	u e su to	腰部
カウンター	counter	ka u n ta-	櫃台、檯面

● エ 讀音 [e]「A、ㄟ」

😊 發音訓練

片假名	外來語原文	羅馬拼音	意思
エアコン	air conditioner	e a ko n	冷氣
エレベーター	elevator	e re be- ta-	電梯
エスカレーター	escalator	e su ka re- ta-	電扶梯
エラー	error	e ra-	錯誤
エアメール	air mail	e a me- ru	航空信
エコ	eco	e ko	環保的
エンジニア	engineer	e n zi ni a	工程師
エコノミー	economy	e ko no mi-	經濟

● オ 讀音記憶 [o]「歐」

👄 發音訓練

片假名	外來語原文	羅馬拼音	意思
オムレツ	omelet	o mu re tsu	煎蛋捲
オムライス	omelette rice	o mu ra i su	蛋包飯
オープン	open	o- pu n	開張
オイル	oil	o i ru	油
オーストラリア	Australia	o- su to ra ri a	澳洲
オーダー	order	o- da-	預訂命令
タ**オ**ル	towel	ta o ru	毛巾
オーエル	OL	o- e ru	上班族女性

✏ 書寫練習

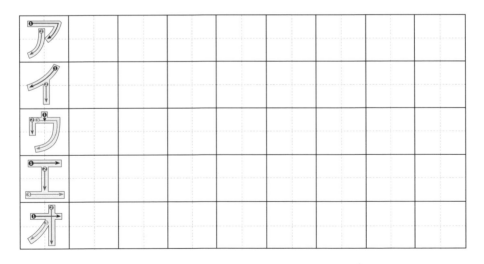

LESSON 2

第二行 カ（か）キ（き）ク（く）ケ（け）コ（こ）

➷ **カ**（か）

カ和它的平假名「か」一樣字源是「加」。這個字完全可以直覺發音 [ka ／咖]。咖哩塊的盒子上，一定有這個字。

部首來源

加 ➡ カ

➷ **キ**（き）

キ的字源是「幾」，最簡單的是直接聯想「き」就行了。

部首來源

幾 ➡ キ

➷ **ク**（く）

ク的字源跟它的平假名「く」是同一個，都是「久」，但更容易聯想，所以只要想能記熟它的平假名，就自然知道ク唸 [ku]。

部首來源

久 ➡ ク

 **ケ（け）**

　　ケ的字源是「介」，讀音也像。它和平假名け樣子很像，聯想起來不難。另外，把它想成比ク再多一點，是ク的下一音，u→e，所以 ku→ke，這樣也有幫助。

部首來源

 **コ（こ）**

　　コ和平假名「こ」一樣，字源是「己」。コ直接聯想平假名比較容易，只要去掉那一豎，就像こ了，很容易可以知道它讀 [ko]。

部首來源

己 → コ

● カ 讀音記憶 [ka]「咖」

😄 發音訓練

片假名	外來語原文	羅馬拼音	意思
カレー	curry	ka re-	咖哩
カップ麺	cup noodle	ka ppu me n	杯麵
カード	card	ka- do	信用卡／卡片
カメラ	camera	ka me ra	照相機
タピオ**カ**	tapioca balls	ta pi o ka	珍珠粉圓
カツ丼	╳	ka tsu do n	豬排丼飯
ガイド	guide	ga i do	嚮導
ガス	gas	ga su	瓦斯

● キ 讀音記憶 [ki]「台語的去、氣」

😄 發音訓練

片假名	外來語原文	羅馬拼音	意思
キウイ	kiwi	ki u i	奇異果
キー	key	ki-	鑰匙
ケー**キ**	cake	ke- ki	蛋糕
ステー**キ**	steak	su te- ki	牛排
キーワード	key word	ki- wa- do	關鍵字
メ**キ**シコ	Mexico	me ki shi ko	墨西哥
ギア	gear	gi a	齒輪／排檔
ギター	guitar	gi ta-	吉他

● ク 讀音記憶 [ku]「庫、哭」

😮 發音訓練

片假名	外來語原文	羅馬拼音	意思
クリスマス	Christmas	ku ri su ma su	聖誕節
クッキー	cookie	ku kki-	餅乾
クリーム	cream	ku ri- mu	奶油
クラス	class	ku ra su	班級／等級
ミル**ク**	milk	mi ru ku	牛奶
ピ**ク**ニッ**ク**	picnic	pi ku ni kku	野餐
グリーン	green	gu ri- n	綠色的
グラス	glass	gu ra su	玻璃

● ケ 讀音記憶 [ke]「ㄎㄟ」

😮 發音訓練

片假名	外來語原文	羅馬拼音	意思
ケアー	care	ke a-	關心／照顧
オー**ケ**ー	O.K.	o- ke-	OK
カラオ**ケ**	karaoke	ka ra o ke	卡拉 ok
ケーキ屋 (や)	cake shop	ke- ki ya	蛋糕店
ケチャップ	ketchup	ke cha ppu	番茄醬
チ**ケ**ット	ticket	chi ke tto	票
ゲット	get	ge tto	拿到／得到
ゲーム	game	ge- mu	遊戲

● コ 讀音記憶 [ko]「扣」

發音訓練

片假名	外來語原文	羅馬拼音	意思
コカコーラ	Coca Cola	ko ka ko- ra	可口可樂
コーヒー	coffee	ko- hi-	咖啡
コロッケ	croquette	ko ro kke	可樂餅
コミック	comic	co mi kku	漫畫
コイン	coin	ko i n	硬幣
タバコ	tobacco	ta ba ko	菸草
ゴルフ	golf	go ru fu	高爾夫
ゴデス	goddess	go de su	女神

書寫練習

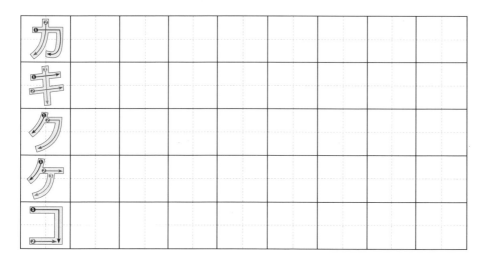

LESSON 3

第三行

サ（さ）シ（し）ス（す）セ（せ）ソ（そ）

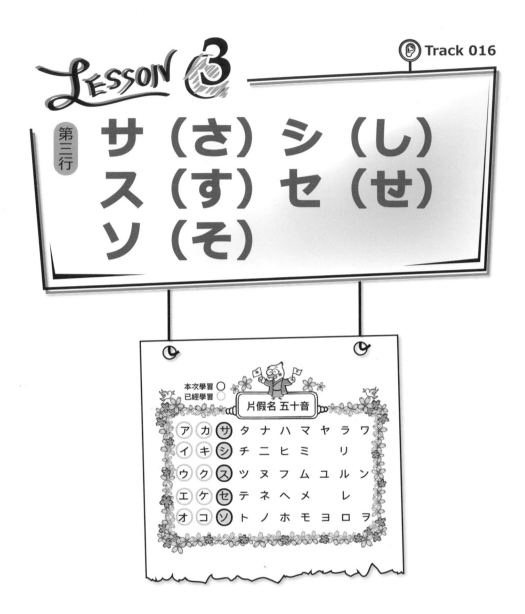

本次學習 ○
已經學習 ○

片假名 五十音

ア	カ	サ	タ	ナ	ハ	マ	ヤ	ラ	ワ
イ	キ	シ	チ	ニ	ヒ	ミ		リ	
ウ	ク	ス	ツ	ヌ	フ	ム	ユ	ル	ン
エ	ケ	セ	テ	ネ	ヘ	メ		レ	
オ	コ	ソ	ト	ノ	ホ	モ	ヨ	ロ	ヲ

 **サ**（さ）

　　サ的字源是「散」，讀音也近似，和平假名的關聯比較小，所以從字源著手比較好記憶。

　　還可以這樣記：**薪水英文是 salary，看到草字頭サ，就想到要領「薪水」，サ就是讀 [sa]。**

部首來源

$$散 \longrightarrow サ$$

 **シ**（し）

　　シ和它的平假名「し」一樣，字源都是「之」，但其實它看起來就像漢字部首三點水；三點水寫快一點就像し，所以看到シ，可以直接想到し。要更加強印象的話，不妨這樣記：**吸果汁（之），三點水シ的汁（之），要用吸的，發 [si]。**

部首來源

$$之 \longrightarrow シ$$

 （す）

　　ス的字源是「須」，很不容易聯想，平假名「す」也沒有相似處，所以這個字必須粗暴式硬記。

　　要粗暴式硬記的字，最好的方法就是：直接記住單字。有個字非常適合：**スズキ（鈴木 SUZUKI）**，**因為是品牌名，所以也常看到它用片假名，多看幾次就一定可以記起來。**

部首來源

 （せ）

　　セ和せ字源相同，來自中文的「世」，讀音就是台語的「世」。兩個字形也很像，所以這個字相當容易記憶。

部首來源

 （そ）

　　ソ和そ字源一樣，來自於「曾」。因為我們已經學過平假名，所以**你只要看到這兩撇時，聯想到就是「そ」的上半部，那就知道發 [so] 了。**

部首來源

● サ 讀音記憶 [sa]「撒」

😊 發音訓練

片假名	外來語原文	羅馬拼音	意思
サラリー	salary	sa ra ri-	薪水
サイズ	size	sa i zu	尺寸
サウナ	sauna	sa u na	三溫暖
サカー	soccer	sa ka-	足球
サラダ	salad	sa ra da	沙拉
サービス	service	sa- bi su	服務
サザン	southern	sa za n	南方
コンサート	concert	ko n sa- to	演唱會

● シ 讀音記憶 [si、shi]「吸」

😊 發音訓練

片假名	外來語原文	羅馬拼音	意思
シザー	scissors	si za-	剪刀
シート	seat	si- to	座位
シングル	single	si n gu ru	單身
システム	system	si su te mu	系統
タクシー	taxi	ta ku si-	計程車
シーツ	sheets	si- tsu	床單
ジャズ	jazz	jia zu	爵士樂
ジーンズ	jeans	ji- n zu	牛仔褲

● ス 讀音記憶 [su]「素」

發音訓練

片假名	外來語原文	羅馬拼音	意思
スズキ	SUZUKI	su zu ki	鈴木
スイス	Swiss	su i su	瑞士
スキー	ski	su ki-	滑雪
スイッチ	switch	su i cchi	開關
スーパー	super market	su- pa-	超級市場
スープ	soup	su- pu	湯
ズーム	zoom	zu- mu	放大（攝影術語）
チーズケーキ	cheese cake	chi- zu ke- ki	乳酪蛋糕

● セ 讀音記憶 [se]「歇、謝、台語的世」

發音訓練

片假名	外來語原文	羅馬拼音	意思
セイフ	safe	se i fu	安全
セット	set	se tto	整套的
セクシー	sexy	se ku shi-	性感的
セールスマン	salesman	se- ru su ma n	推銷員
セーラー服（ふく）	sailor suit	se- ra- fu ku	水手服（女高中生制服）
セロリ	celery	se ro ri	芹菜
ゼロ	zero	ze ro	零
ガーゼ	gauze	ga- ze	紗布（醫藥用）

● ソ 讀音記憶 [so]「搜、索」

発音訓練

片假名	外來語原文	羅馬拼音	意思
ソース	sauce	so- su	醬汁
ソーセージ	sausage	so- se- ji	香腸
ソフトウェア	software	so fu to ue a	軟體
ソーラー	soloar	so- ra-	太陽能的
ソックス	socks	so kku su	襪子
ソング	song	so n gu	歌
ゾーン	zone	zo- n	區域
オゾン	ozone	o zo n	臭氧

書寫練習

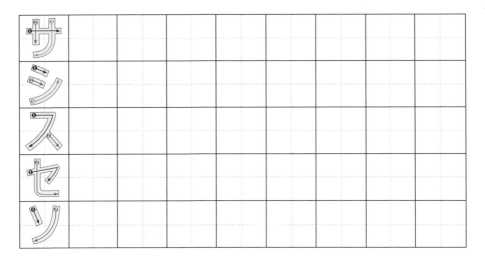

LESSON 4

第四行

タ（た）チ（ち）
ツ（つ）テ（て）
ト（と）

本次學習 ○
已經學習 ○

片假名 五十音

ア	カ	サ	タ	ナ	ハ	マ	ヤ	ラ	ワ
イ	キ	シ	チ	ニ	ヒ	ミ		リ	
ウ	ク	ス	ツ	ヌ	フ	ム	ユ	ル	ン
エ	ケ	セ	テ	ネ	ヘ	メ		レ	
オ	コ	ソ	ト	ノ	ホ	モ	ヨ	ロ	ヲ

↪ タ（た）

　　タ的字源就是「多」的一半。た則是「太」的草書，發音是 [ta／他]，可以用這個句子：「**太多錢了，他！**」來幫助記憶。看到太（**た**）和タ（多）就想到發 [ta／他]。

部首來源

↪ チ（ち）

　　チ的字源是「千」，形狀像、發音也像，只要記得發千的開頭的音「ㄑ一」就是**チ**。平假名是ち，可以想像チ下面加個勾勾就很像ち，兩個一起記憶。ヂ和ジ同音，很少出現。

部首來源

137

↬ ツ（つ）

ツ和つ同字源，來自於「川」，如果把ツ寫得草字一點，就是つ。川的發音開頭 [ts] 的音，就是ツ的音。英文裡 [tu] 的音，也常用ツ來表示（所以日式英文發音和原文聽起來很不一樣）。ヅ和ズ同音，所以也很少用。

部首來源

↬ テ（て）

テ和て字源一樣，來自於「天」，發音也和「天」的開頭一樣，所以不難聯想。

部首來源

↬ ト（と）

ト和と字源一樣，來自於「止」。要從「止」聯想 [to] 比較不容易，但可以換一個方向聯想：**ト很像一根棒子的側面「凸」出來一點，「凸」的台語就是 [to]，凸出來 [to tsu rai]，所以ト就是 [to]；連帶也可以幫助記憶と =[to]。**

部首來源

止 ➡ ト

● **タ** 讀音記憶 [ta] 「他」

🗣 發音訓練

片假名	外來語原文	羅馬拼音	意思
タウン	town	ta u n	城
パス**タ**	pasta	pa su ta	義大利麵
タッチ	touch	ta cchi	接觸／觸摸
タレント	talent	ta re n to	藝人
タイヤ	tire	ta i ya	輪胎
タイトル	title	ta i to ru	標題
カナ**ダ**	Canada	ka na da	加拿大
サラ**ダ**	salad	sa ra da	沙拉

● **チ** 讀音記憶 [chi] 「吉、七」

🗣 發音訓練

片假名	外來語原文	羅馬拼音	意思
チーズケーキ	cheese cake	chi- zu ke- ki	乳酪蛋糕
スイッ**チ**	switch	su i cchi	開關
チップ	tip（或 chip）	chi ppu	小費（或晶片）
チーム	team	chi- mu	隊
チェック	check	che kku	檢查
チェロ	cello	che ro	大提琴
キム**チ**鍋（なべ）		ki mu chi na be	泡菜鍋
チラシ		chi ra shi	傳單

● ツ 讀音記憶 [tsu]「吱」

⟨👄⟩ 發音訓練

片假名	外來語原文	羅馬拼音	意思
ツアー	tour	tsu a-	觀光
ツイッター	twitter	tsu i tta-	推特
スカイツリー	sky tree	su ka i tsu ri-	天空樹
ツール	tool	tsu- ru	工具
ツナ	tuna	tsu na	鮪魚
ツイン	twin	tsu i n	雙胞胎
ワイシャツ	white shirt	wa i sha ttsu	白襯衫
フルーツ	fruit	fu ru- tsu	水果

● テ 讀音記憶 [te]「貼、台語的拿」

⟨👄⟩ 發音訓練

片假名	外來語原文	羅馬拼音	意思
テラス	terrace	te ra su	陽台
テレビ	television	te re bi	電視
テーマ	thema	te- ma	主題
テスト	test	te su to	考試
ホテル	hotel	ho te ru	飯店
テニス	tennis	te ni su	網球
ディズニーランド	Disney Land	de xi zu ni- ra n do	迪士尼樂園
ディスコ	disco	de xi su ko	迪斯可

○ ティ或ディ的電腦羅馬拼音打字，i 之前需加 x 才打得出來，但發音其實是 ti 或 di。

● ▶ト 讀音記憶 [to]「偷」

😊 發音訓練

片假名	外來語原文	羅馬拼音	意思
トマト	tomato	to ma to	番茄
トイレ	toilet	to i re	洗手間
レストラン	restraint	re su to ra n	餐廳
トースト	toast	to- su to	吐司
スウィート	sweet	su ui- to	甜的／甜美
テキスト	text	te ki su to	教科書
ドーナツ	donut	do- na tsu	甜甜圈
ドラゴンボール	Drangon Ball	do ra go n bo- ru	七龍珠

✏️ 書寫練習

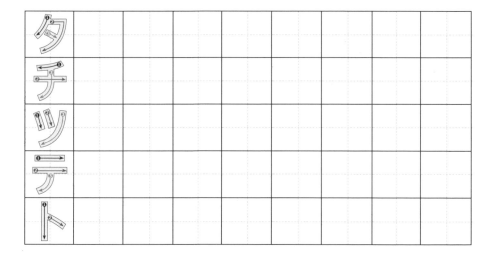

LESSON 5

第五行

ナ（な） ニ（に）
ヌ（ぬ） ネ（ね）
ノ（の）

本次學習 ○
已經學習 ○

片假名 五十音

ア	カ	サ	タ	ナ	ハ	マ	ヤ		ラ	ワ
イ	キ	シ	チ	ニ	ヒ	ミ			リ	
ウ	ク	ス	ツ	ヌ	フ	ム	ユ		ル	ン
エ	ケ	セ	テ	ネ	ヘ	メ			レ	
オ	コ	ソ	ト	ノ	ホ	モ	ヨ		ロ	ヲ

ナ和な的字源一樣是「奈」。ナ就像な的上半部，所以看到ナ，可以很容易想到な，就知道發 [na] 的音。

部首來源

二的字源是「二」，其台語近似 [zi]，和 [ni] 蠻接近的。另外，或許有聽過日文的一、二、三，就是 [ichi、ni、san]，而且也很像に的右邊，這都可以幫助我們看到二就發 [ni] 的音。

部首來源

ぬ字源是「奴」，而ヌ就是奴的右邊，這個片假名可以輕易記住是發 [nu]。

部首來源

奴 ➡ ヌ

↪ **ネ** **(ね)**

ネ和ね的字源都源自於「祢」[ni]。ネ就是「祢」的左邊，讀音也近似，記得把 [ni] 改成 [ne] 就可。

部首來源

祢 ➡ ネ

↪ **ノ** **(の)**

ノ和の的字源都是「乃」，の是「乃」的整個草書形狀，ノ則是只取乃的那一撇，所以只要能聯想到ノ→乃→の，就可以知道是發 [no]。

部首來源

乃 ➡ ノ

● ナ 讀音記憶 [na]

發音訓練

片假名	外來語原文	羅馬拼音	意思
ココナッツ	coconut	ko ko na ttsu	椰子
ナンバー	number	na n ba-	數目
ナイト	night	na i to	夜晚
ナプキン	napkin	na pu ki n	餐巾
カタナ	katana	ka ta na	日本刀
ナイフ	knife	na i fu	刀子
バナナ	banana	ba na na	香蕉
パイナップル	pineapple	pa i na ppu ru	鳳梨

● ニ 讀音記憶 [ni]

發音訓練

片假名	外來語原文	羅馬拼音	意思
ニート	NEET	ni- to	尼特族、啃老族
テニス	tennis	te ni su	網球
ビキニ	bikini	bi ki ni	比基尼
アニメ	anime	a ni me	日本動漫
ニュース	news	nyu- su	新聞
ユニクロ	UNIQLO	yu ni ku ro	優衣庫（品牌名）
ニュアンス	nuance（法語）	nyu a n su	微妙差異
ニコニコ		ni ko ni ko	微笑貌

● ヌ 讀音記憶 [nu]

👄 發音訓練

片假名	外來語原文	羅馬拼音	意思
ヌードル	noodle	nu- do ru	麵
ヌガー	nougat	nu ga-	牛軋糖
ヌーン	noon	nu- n	中午
カヌー	canoe	ka nu-	獨木舟
セーヌ川（がわ）	Seine（法語）	se- nu ga wa	塞納河
カヌレ	Canele（法語）	ka nu re	可麗露（法式甜點）
ヌートリア	Nutria（西語）	nu- to ri a	海狸
ヌル	null	nu ru	無效的（電腦語言裡的一種「空」的表示法）

● ネ 讀音記憶 [ne]「內」

👄 發音訓練

片假名	外來語原文	羅馬拼音	意思
カネボウ	Kanebo	ka ne bo u	佳麗寶（化妝品品牌）
インターネット	Internet	in ta- ne tto	網際網路
マネー	money	ma ne-	錢
ネクタイ	necktie	ne ku ta i	領帶
ネックレス	necklace	ne kku re su	項鍊
ネオン	neon	ne o n	霓虹燈

片假名	外來語原文	羅馬拼音	意思
マネジャー	manager	ma ne jya-	經紀人
ネイル	nail	ne i ru	指甲

● ノ 讀音記憶 [no]

發音訓練

片假名	外來語原文	羅馬拼音	意思
ノート	note	no- to	筆記
ピアノ	piano	pi a no	鋼琴
ノーマル	normal	no- ma ru	正常的
ノイジー	noisy	no i zi-	吵雜的
エコノミー	economy	e ko no mi-	經濟
ボルケーノ	volcano	bo ru ke- no	火山
ノーベル賞（しょう）	Nobel prize	no- be ru sho-	諾貝爾獎
ノルウェー	Norway	no ru we-	挪威

書寫練習

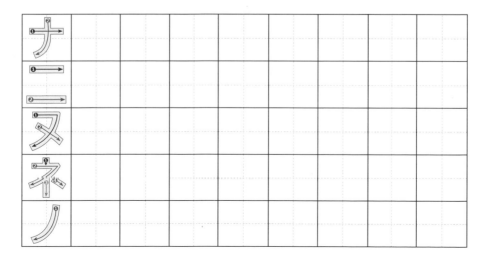

LESSON 6

第六行 ハ（は）ヒ（ひ）
フ（ふ）ヘ（へ）
ホ（ほ）

本次學習 ○
已經學習 ○

片假名 五十音

ア	カ	サ	タ	ナ	ハ	マ	ヤ	ラ	ワ
イ	キ	シ	チ	ニ	ヒ	ミ		リ	
ウ	ク	ス	ツ	ヌ	フ	ム	ユ	ル	ン
エ	ケ	セ	テ	ネ	ヘ	メ		レ	
オ	コ	ソ	ト	ノ	ホ	モ	ヨ	ロ	ヲ

ハ（は）

八的字源一樣是「八」，は則是「波」，關連不大，但我們可以這樣想：**音樂家「巴哈」應該都知道吧？巴哈，八哈，看到八就想到哈，所以八讀 [ha]。**

部首來源

ヒ（ひ）

ヒ和ひ字源都是「比」，ヒ就是「比」的半邊，這裡很適合用之前說過的來幫忙記憶：**大家都耳熟能詳 S.H.E 裡的「HEBE]，看到「比」就想到發ヒ [hi] 的音。**

部首來源

 （ふ）

　　フ和ふ字源都是「不」，フ就是「不」的左半部，還記得平假名的記法嗎？「入不敷出」，看到「不」就想到「敷」[fu] 的音。同樣的，ブ是 [bu]，プ是 [pu]，三個一起記，自然不會忘記フ是 [fu]。

部首來源　　

 （へ）

　　へ的字源是「部」。這片假名是難得和平假名幾乎一模一樣的，所以只要還記得平假名怎麼唸，就直接會講囉！回憶一下：**へ樣子很像注音符號的「ㄟ」和「厂」，合起來就是「嘿」[ㄏㄟ]。**

部首來源　　

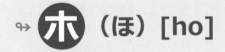 （ほ）[ho]

　　木和ほ字源都是由「保」而來。之前我們用台語的「**保護**」[bo ho] 來記，看到保想到 [ho]，木就是「保」的右下方，記得發 [ho]。

部首來源　　保 ➡ 木

● ハ 讀音記憶 [ha]「哈」

😮 發音訓練

片假名	外來語原文	羅馬拼音	意思
ハワイ	Hawaii	ha wa i	夏威夷
ハイキング	hiking	ha i ki n gu	登山健走
ハム太郎		ha mu ta ro u	哈姆太郎
（卡通人物角色。另，hamster ハムスター是倉鼠）			
ハム	ham	ha mu	火腿
ハンバーガー	hamburger	ha n ba- ga-	漢堡
ハンカチ	handkerchief	ha n ka chi	手帕
パン	pao（葡語）／pan（西語）	pa n	麵包
バス	bus	ba su	公車

● ヒ 讀音記憶 [hi]「heee…」

😮 發音訓練

片假名	外來語原文	羅馬拼音	意思
コーヒー	coffee	ko- hi-	咖啡
ヒット	hit	hi tto	安打／暢銷
ヒーロー	hero	hi- ro-	英雄／男主角
ヒーリックス	helix	hi- ri kku su	螺旋
ヒーア	hear	hi- a	聽
ビール	beer	bi- ru	啤酒
ビエナ	Vienna	bi e na	維也納
ピクニック	picnic	pi ku ni kku	野餐

● フ 讀音記憶 [fu][hu]「呼」

💋 發音訓練

片假名	外來語原文	羅馬拼音	意思
フランス	France	fu ra n su	法國
フルーツ	fruit	fu ru- tsu	水果
フォーク	fork	fuo- ku	叉子
フロア	floor	fu ro a	樓層／地板
フリー	free	fu ri-	自由／免費
ブラジル	Brazil	bu ra zi ru	巴西
ブック	book	bu kku	書
スプーン	spoon	su pu- n	湯匙

● ヘ 讀音記憶 [he]「嘿」

💋 發音訓練

片假名	外來語原文	羅馬拼音	意思
ヘリコプター	helicopter	he ri ko pu ta-	直升機
ヘアサロン	hair salon	he a sa ro n	髮廊
ヘルスケア	health care	he ru su ke a	健康照護
ヘルプ	help	he ru pu	幫忙
ペン	pen	pe n	鋼筆
スペイン	Spain	su pe i n	西班牙
ベイガル	bagel	be i ga ru	貝果
ベジタブル	vegetable	be zi ta bu ru	蔬菜

● **ホ** 讀音記憶 [ho]

😄 **發音訓練**

片假名	外來語原文	羅馬拼音	意思
ホット	hot	ho tto	熱的
ホーム	platform	ho- mu	月台（車站常用語）
ホテル	hotel	ho te ru	飯店
ホッケー	hockey	ho kke-	曲棍球
ボタン	button	bo ta n	鈕扣／按鈕
ボイス	voice	bo i su	聲音
ポイント	point	po i n to	重點／點值
ポケット	pocket	po ke tto	口袋

✍ **書寫練習**

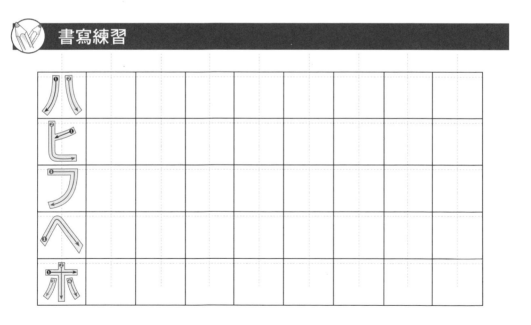

LESSON 7

Track 020

第七行

マ（ま） ミ（み）
ム（む） メ（め）
モ（も）

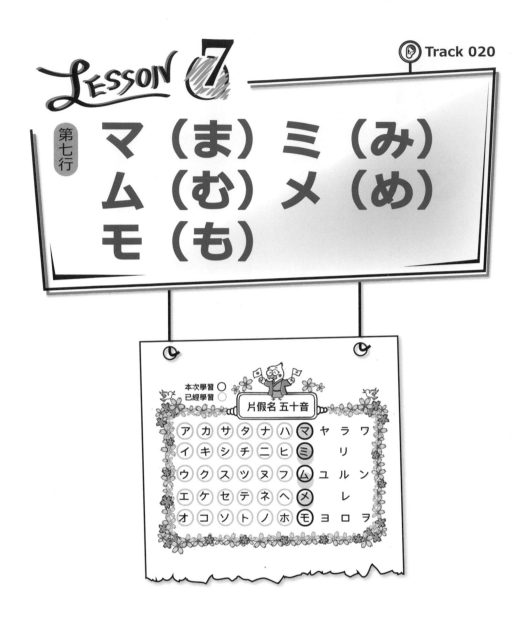

本次學習 ○
已經學習 ○

片假名 五十音

ア	カ	サ	タ	ナ	ハ	マ	ヤ	ラ	ワ
イ	キ	シ	チ	ニ	ヒ	ミ		リ	
ウ	ク	ス	ツ	ヌ	フ	ム	ユ	ル	ン
エ	ケ	セ	テ	ネ	ヘ	メ		レ	
オ	コ	ソ	ト	ノ	ホ	モ	ヨ	ロ	ヲ

 **マ（ま）**

ま字源是「末」。但其字源有幾種不同說法，其中之一是來自於「万」。因為万的台語是 [ma n]，樣子也比較像，這裡我們就用「万」來幫助記憶。另外，**可以加點想像力，把マ想像成「馬」的下方一勾一點，看到マ就知道要發 [ma]。**

部首來源

 **ミ（み）**

ミ的字源是「三」，み的字源是「美」，發 [mi ／米] 的音。可以這樣聯想：「三位美女來自米國」，幫助我們看到ミ知道發 [mi] 的音。另外，它的樣子也像シ的左右對稱，さしみ → サシミ [sa si mi]，看到像シ而不是シ的ミ，叫做 [mi]。

部首來源

 **ム（む）**

　　ム的字源來自於牟，牟的發音「謀」讀起來很像「mu 〜〜 o」，所以看到ム只要聯想到牟，就知道要讀〔mu〕。

部首來源

 **メ（め）**

　　メ和め的字源都來自於「女」，就是妹的女字邊，這樣自然知道要發 [me]。另外，**看到メ可以想到「打叉」**，聯想一下這畫面：「有沒有？」「沒有！」（手勢比叉），看到叉叉，想到「沒」有，所以發 [me]。

部首來源

 **モ（も）**

　　モ和も很容易記，**因為一看就知道字源都是「毛」**，讀音也就是毛的台語 [mo]。

部首來源

毛 ➡ モ

● マ 讀音記憶 [ma]

😊 發音訓練

片假名	外來語原文	羅馬拼音	意思
マスク	mask	ma su ku	口罩
ドラマ	drama	do ra ma	戲劇
マンゴー	mango	ma n go-	芒果
マヨネーズ	mayonnaise	ma yo ne- zu	美乃滋
マニュアル	manual	ma nyu a ru	操作手冊
トマト	tomato	to ma to	番茄
アマチュア	amateur	a ma chyu a	業餘者
マイク	microphone	ma i ku	麥克風

● ミ 讀音記憶 [mi]

😊 發音訓練

片假名	外來語原文	羅馬拼音	意思
ミス	miss	mi su	失誤
ミルク	milk	mi ru ku	牛奶
ミラー	mirror	mi ra-	鏡子
ミニ	mini	mi ni	迷你
ミシン	sewing machine	mi si n	裁縫機
アケデミ	academy	a ke de mi	學院
セサミ	sesame	se sa mi	芝麻
ミステリー	mystery	mi su te ri-	神祕

● ム 讀音記憶 [mu]

👄 發音訓練

片假名	外來語原文	羅馬拼音	意思
ムース	moose	mu- su	慕斯
ムード	mood	mu- do	心情
ムービー	movie	mu- bi-	電影
プログラム	program	pu ro gu ra mu	程式
ガム	gum	ga mu	口香糖
トム	tom	to mu	湯姆（人名）
ストーム	storm	su to- mu	暴風
イグザム	exam	i gu za mu	檢查／考試

● メ 讀音記憶 [me]

👄 發音訓練

片假名	外來語原文	羅馬拼音	意思
カメラ	camera	ka me ra	照相機
メロン	melon	me ro n	瓜（多指哈密瓜）
アメリカ	America	a me ri ka	美國
メンバー	member	me n ba-	會員
アニメ	anime	a ni me	日本動漫
メール	mail	me- ru	信件
メートル	meter	me- to ru	公尺
メタル	metal	me ta ru	金屬

● モ 讀音記憶 [mo]

😮 發音訓練

片假名	外來語原文	羅馬拼音	意思
デモ	demo	de mo	展示／示範
メモ	memo	me mo	記事／備忘錄
モア	more	mo a	更多
モイスチャー	moisture	mo i su cha-	濕度
モーション	motion	mo- sho n	動作
モーター	motor	mo- ta-	馬達
モーメント	moment	mo- me n to	瞬間／時刻
モチーフ	motif（法）	mo chi- fu	藝術創作的動機

✏️ 書寫練習

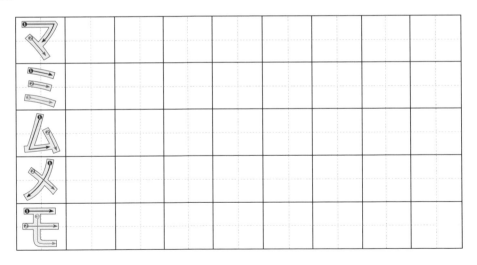

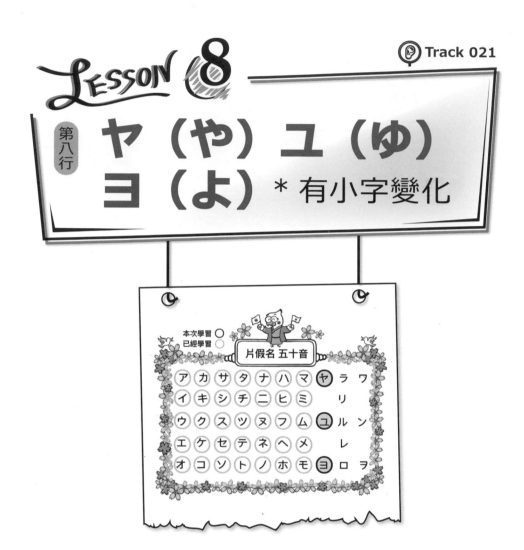
第八行 ヤ（や）ユ（ゆ）ヨ（よ） * 有小字變化

本次學習 ○
已經學習 ○

片假名 五十音

ア カ サ タ ナ ハ マ ヤ ラ ワ
イ キ シ チ ニ ヒ ミ 　 リ
ウ ク ス ツ ヌ フ ム ユ ル ン
エ ケ セ テ ネ ヘ メ 　 レ
オ コ ソ ト ノ ホ モ ヨ ロ ヲ

ヤ也很容易記憶，因為很像や，字源都是 [也]。**用台語讀「錢來也」，就知道發 [ya]**。

部首來源

ユ和ゆ字源都是「由」，ユ就是由的一部分，如果不容易想到，可**以把ユ順時針轉 45 度，是不是有點像 U**，幫助我們記憶它發 [yu]；另外，知名品牌優衣庫的 logo，有四個片假名的左上角就是ユ。

部首來源

ヨ和よ字源都是「與」，只是部位不同，只要能看到ヨ知道它就是よ，而且發音和 [與] 也接近，就知道發 [yo]。

部首來源

● ヤ 讀音記憶 [ya]

💋 發音訓練

片假名	外來語原文	羅馬拼音	意思
ヤミー	yummy	ya mi-	好吃
ヤンキー	Yankee	ya n ki-	洋基
プレーヤー	player	pu re- ya-	選手
ワイヤ	wire	wa i ya	鐵絲
ヤング	young	ya n gu	年輕
イヤホン	ear phone	i ya ho n	耳機
ドライヤー	dryer	do ra i ya-	吹風機
チャンネル	channel	cha n ne ru	頻道

● ユ 讀音記憶 [yu]

💋 發音訓練

片假名	外來語原文	羅馬拼音	意思
ユーモア	humor	yu- mo a	幽默
ユニバーサル	universal	yu ni ba- sa ru	宇宙的
サンキュー	Thank you	sa n kyu-	謝謝
ニュース	news	nyu- su	新聞
ユニット	unit	yu ni tto	單位
ユタ	Utah	yu ta	猶他州
チューリップ	Tulip	chu- ri ppu	鬱金香
ユニホーム	uniform	yu ni ho- mu	制服

（註：也可寫作ユニフォーム）

• **ヨ** 讀音記憶 [yo]

發音訓練

片假名	外來語原文	羅馬拼音	意思
クレ**ヨ**ン しんちゃん	Crayon Shin	ku re yo n shi n cha n	蠟筆小新
ニュー**ヨ**ーク	New York	nyu- yo- ku	紐約
ヨガ	yoga	yo ga	瑜珈
ヨーロッパ	Europe	yo- ro ppa	歐洲
マ**ヨ**ネーズ	mayonnaise	ma yo ne- zu	美乃滋
モー**シ**ョン	motion	mo- sho n	動作
チ**ョ**コレート	chocolate	cho ko le- to	巧克力
ヨーグルト	yogurt	yo- gu ru to	優格

書寫練習

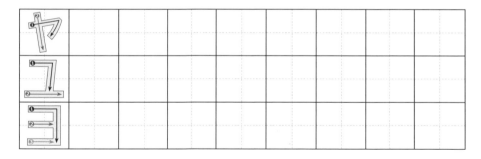

LESSON 9

第九行　ラ（ら）リ（り）ル（る）レ（れ）ロ（ろ）

本次學習 ○
已經學習 ○

片假名 五十音

ア	カ	サ	タ	ナ	ハ	マ	ヤ	ラ	ワ
イ	キ	シ	チ	ニ	ヒ	ミ		リ	
ウ	ク	ス	ツ	ヌ	フ	ム	ユ	ル	ン
エ	ケ	セ	テ	ネ	ヘ	メ		レ	
オ	コ	ソ	ト	ノ	ホ	モ	ヨ	ロ	ヲ

ラ和ら字源都是「良」，記憶不難，而且如果你愛吃拉麵的話，在拉麵店一定看過它，就是拉麵的「拉」。

部首來源

リ很容易記憶，因為和り很像，字源都是「利」。只要能想到它們**都是利的右邊，就一定知道是發 [ri]**。

部首來源

165

➾ ㇇ **ル** （る）

ル字源是「流」，る則是「留」，雖然兩者關聯不大，但想到「流」就發 [ru] 倒也不困難，例如：流川楓的「**流川**」，就是 [ru ka wa]。

另外我們可以這樣想：**ル其實很像注音符號的ㄦ，「乳 [ru] 臭未乾的小兒 [ㄦ]」，可以幫助記憶看到ル就發 [ru]**。有個品牌，小兒利撒爾，日文リサール，也有助於聯想ル =[ru]。

部首來源

流 ➡ ル

➾ ㇇ **レ** （れ）

レ、れ字源都是「礼」，礼的台語就是 [re]，所以レ也是屬於比較容易記憶的片假名。

部首來源

礼 ➡ レ

➾ ㇇ **ロ** （ろ）

ロ和ろ都來自於「呂」，ロ等於是呂的上半，呂的發音和 [ro] 類似，應該不難聯想。呂本身也有日文漢字，發音就是 [ro]。

部首來源

呂 ➡ ロ

● ラ 讀音記憶 [ra]

😄 發音訓練

片假名	外來語原文	羅馬拼音	意思
ラーメン	ramen	ra- me n	拉麵
ライタ	lighter	ra i ta	打火機
ラジオ	radio	ra zi o	收音機
ライス	rice	ra i su	米／飯
ランド	land	ra n do	土地／國度
ミラー	mirror	mi ra-	鏡子
ドラマ	drama	do ra ma	戲劇
レストラン	restraunt	re su to ra n	餐廳

● リ 讀音記憶 [ri]

😄 發音訓練

片假名	外來語原文	羅馬拼音	意思
リラックス	relax	ri ra kku su	放鬆／休息
リサイクル	recycle	ri sa i ku ru	資源回收
リブ	rib	ri bu	肋骨
リアル	real	ri a ru	真實的
リスト	list	ri su to	表單
サラリーマン	salaryman	sa ra ri- ma n	上班族
クリーム	cream	ku ri- mu	奶油
リモコン	remote control	ri mo ko n	遙控器

● ル 讀音記憶 [ru]

發音訓練

片假名	外來語原文	羅馬拼音	意思
ルパン三世	Lupin III	ru pa n sa n se i	魯邦三世（動漫）
ルーム	room	ru- mu	房間
アルコール	alcohol	a ru ko- ru	酒精
ビル	building	bi ru	大樓
ルール	rule	ru- ru	規則
生ビール	draft beer	na ma bi- ru	生啤酒
カクテル	cocktail	ka ku te ru	雞尾酒
サンプル	sample	sa n pu ru	樣本

● レ 讀音記憶 [re]

發音訓練

片假名	外來語原文	羅馬拼音	意思
レモン	lemon	re mo n	檸檬
電子レンジ	microwave oven	de n si re n zi	微波爐
（電子レンジ為日本人自創之文字）			
レストラン	restaurant	re su to ra n	餐廳
レース	race	re- su	比賽
カレー	curry	ka re-	咖哩
トイレ	toilet	to i re	洗手間
ネックレス	necklace	ne kku re su	項鍊
オレンジ	orange	o re n ji	橘子

● ロ 讀音記憶 [ro]

發音訓練

片假名	外來語原文	羅馬拼音	意思
ロボット	robot	ro bo tto	機器人
ロマンチック	romantic	ro ma n chi kku	羅曼蒂克
ロード	road	ro- do	路
ローマ字	Romanization System	ro- ma zi	羅馬拼音
コロッケ	croquette	ko ro kke	可樂餅
ソロ	solo	so ro	獨自地（表演）
キロ	kilo	ki ro	千（大多指公斤、公里）
東京メトロ	Tokyo Metro	to kyo- me to ro	東京地鐵

書寫練習

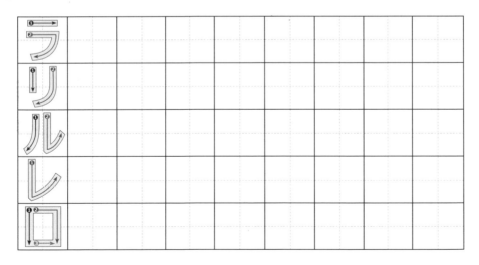

LESSON 10

第十行和鼻音 ワ（わ）ヲ（を）ン（ん）

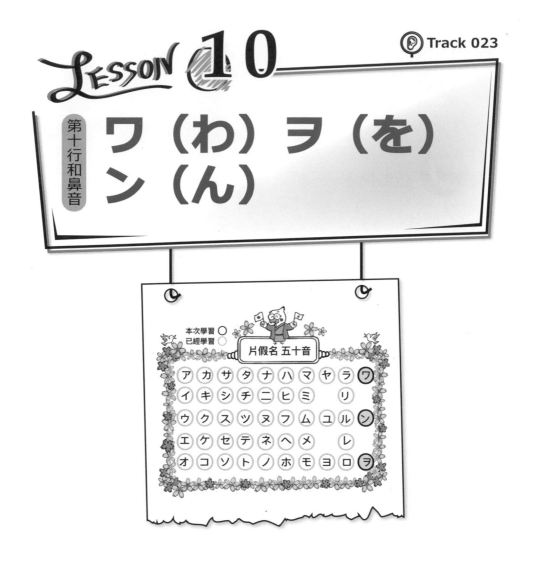

本次學習 ○
已經學習 ○

片假名 五十音

ア	カ	サ	タ	ナ	ハ	マ	ヤ	ラ	ワ
イ	キ	シ	チ	ニ	ヒ	ミ		リ	
ウ	ク	ス	ツ	ヌ	フ	ム	ユ	ル	ン
エ	ケ	セ	テ	ネ	ヘ	メ		レ	
オ	コ	ソ	ト	ノ	ホ	モ	ヨ	ロ	ヲ

🌸 特別說明

　　ワ（わ）行目前在用的字只有ワ（わ）[wa]和ヲ（を）[o,wo]兩字，ン（ん）字其實是鼻音，但為了記憶方便，五十音列表時，常排在ワ（わ）行的中間。

ワ和わ的字源都是從「和」而來。「和」比較不容易想到 [wa]，わ之前我們用 [挖] 來幫助記憶，**ワ的話**，則可以加一點想像力，是不是很像鏟子？鏟子也是用來挖的，這樣就可以記起來它是讀 [wa]。

部首來源

ヲ的字源是「乎」，を字源是「遠」，關連不大，但沒關係，片假名的ヲ很少出現。因為を只做為句型裡的助詞之用，而句型都以平假名書寫，片假名的ヲ是幾乎不會出現的，就硬記一下：它比フ多了一橫，讀 [o] 就可。（羅馬拼音打字要打 [wo]。）

部首來源

 **（ん）**

最後一個片假名，終於要大功告成了！

鼻音的ン字源是「尔」[爾]，ん是「无」，要從字源想的話不容易，我們乾脆從形狀著手，這個字特色就是鼻音，**我們可以想像那兩撇就像從鼻孔噴氣的氣流，邊發出 [哼]、[嗯] 的聲音一樣，這樣子是不是就很容易記了呢？嗯？**

部首來源

● **ワ 讀音記憶 [wa]**

😊 **發音訓練**

片假名	外來語原文	羅馬拼音	意思
ワルツ	waltz	wa ru tsu	華爾滋
ワークス	works	wa- ku su	作品
ワクチン	vaccine	wa ku chi n	疫苗
ワイン	wine	wa i n	酒
シャワー	shower	sha wa-	淋浴
ワールド	world	wa- ru do	世界
ワッフル	waffle	wa ffu ru	格紋鬆餅
アイオワ州	Iowa state	a i o wa shu-	愛荷華州

● **ヲ 讀音記憶 [wo、o]**

ヲ＝を＝ wo（o）

這個字專做助詞，無單字。

● **ン 讀音記憶 [n]**

😮 **發音訓練**

片假名	外來語原文	羅馬拼音	意思
キング	king	ki n gu	國王
クィーン	queen	ku xi- n	王后
キャンペーン	campaign	kya n pe- n	活動
インタビュー	interview	i n ta byu-	面談
シングル	single	si n gu ru	單身
ワクチン	vaccine	wa ku chi n	疫苗
センター	center	se n ta-	中心
センス	sense	se n su	感覺／品味

ワ							
ヲ							
ン							

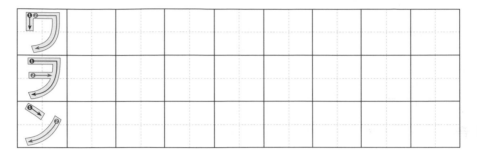

恭喜大家把五十音都學起來了！
學了不會忘的最好方法就是多用！
常看日文雜誌、動漫、商品廣告……
都是訓練的好方式。
特別是如果到日本旅遊，看到招牌、地名、
菜單……就了解一下其發音，幫助記憶
又增加旅遊樂趣，您一定要試試看喔！
現在，就利用下一頁的小練習，
驗收一下學習成果吧！

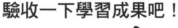

ドクターバード

日語50音默寫練習

母音 →	あ段			い段			う段			え段			お段		
子音 ↓	平假名	片假名	羅馬音	平假名	片假名	羅馬音	平假名	片假名	羅馬音	平假名	片假名	羅馬音	平假名	片假名	羅馬音
あ行															
か行															
さ行															
た行															
な行															
は行															
ま行															
や行				✕	✕	✕				✕	✕	✕			
ら行															
わ行				✕	✕	✕				✕	✕	✕			

語研力 *J009*

怪醫鳥博士的日語50音自學祕技：
獨創鳥式諧音記憶法＋趣味漫畫，學一次就會

作　　者	詹皓凱（怪醫鳥博士）
顧　　問	曾文旭
出版總監	陳逸祺、耿文國
主　　編	陳蕙芳
執行編輯	翁芯俐
美術編輯	李依靜
法律顧問	北辰著作權事務所

印　　製	世和印製企業有限公司
初　　版	2023 年 06 月
出　　版	凱信企業集團 - 凱信企業管理顧問有限公司
電　　話	（02）2773-6566
傳　　真	（02）2778-1033
地　　址	106 台北市大安區忠孝東路四段 218 之 4 號 12 樓
信　　箱	kaihsinbooks@gmail.com

定　　價	新台幣 349 元／港幣 116 元
產品內容	1 書

總 經 銷	采舍國際有限公司
地　　址	235 新北市中和區中山路二段 366 巷 10 號 3 樓
電　　話	（02）8245-8786
傳　　真	（02）8245-8718

國家圖書館出版品預行編目資料

怪醫鳥博士的日語50音自學祕技：獨創鳥式諧音記
憶法＋趣味漫畫，學一次就會／詹皓凱著. – 初版.
– 臺北市：凱信企業集團凱信企業管理顧問有限公
司, 2023.06
　面；　公分
ISBN 978-626-7097-75-5(平裝)

1.CST: 日語 2.CST: 語音 3.CST: 假名

803.1134　　　　　　　　　　　　112004917